SOCIÉTÉ ANONYME

DU

BULLETIN UNIVERSEL,

POUR LA PROPAGATION

DES CONNAISSANCES SCIENTIFIQUES

ET INDUSTRIELLES.

DISCOURS

PRONONCÉ A LA SÉANCE ANNUELLE
DU 1ᵉʳ MAI 1826,

Par M. LE BARON DE FÉRUSSAC.

Comment apprendre sans lire ?
Lacroix.

PARIS,

IMPRIMERIE DE A. FIRMIN DIDOT,
IMPRIMEUR DE L'INSTITUT,
RUE JACOB, N° 24.

1826.

DE LA NÉCESSITÉ

D'UNE

CORRESPONDANCE RÉGULIÈRE

ET SANS CESSE ACTIVE ENTRE TOUS LES AMIS

DES SCIENCES ET DE L'INDUSTRIE;

DES PROGRÈS SUCCESSIFS DE L'ESPRIT HUMAIN, ENVISAGÉS DANS LEURS RAPPORTS AVEC CE BESOIN, ET DES MOYENS SUCCESSIVEMENT INVENTÉS POUR Y SATISFAIRE;

DISCOURS

prononcé à la séance annuelle

DE LA SOCIÉTÉ CRÉÉE POUR LA PROPAGATION DES CONNAISSANCES SCIENTIFIQUES ET INDUSTRIELLES,

LE 1er MAI 1825,

et adressé

1° AUX MEMBRES DE L'ASSOCIATION; 2° AUX COLLABORATEURS DES DIVERS RECUEILS COMPOSANT LE *Bulletin universel*; 3° AUX SOCIÉTÉS SAVANTES ET A TOUS LES AMIS DES SCIENCES ET DES ARTS UTILES QUI ONT SECONDÉ LES EFFORTS DE CETTE ASSOCIATION, DANS LES DIVERSES CONTRÉES DU GLOBE.

Par M. LE BARON DE FÉRUSSAC,

DIRECTEUR DE LA SOCIÉTÉ, OFFICIER SUPÉRIEUR AU CORPS ROYAL D'ÉTAT-MAJOR, CHEVALIER DE SAINT-LOUIS ET DE LA LÉGION D'HONNEUR;

Membre de la Commission centrale de la Société de Géographie, de la Société Royale des Antiquaires de France, des Sociétés d'Encouragement, Philomatique, d'Horticulture et d'Histoire naturelle de Paris, des Sociétés Linnéennes de Caen et de Bordeaux (section de Paris), d'Agriculture, Sciences et Arts de Châlons et d'Agen, démonstrateur d'Atlas et de l'Académie Royale de La Rochelle, etc.; des Académies des Curieux de la nature de Bonn, Royale des Sciences médicales de Madrid, des Sciences naturelles de Philadelphie, del Bon-gusto de Palerme, des Sociétés d'Histoire naturelle de Moscou, Halle, Marbourg, Francfort, Hannau et de l'Helvétie, des Sociétés géologique, médico-botanique et horticulturale de Londres, minéralogique de Jena, botanique de Ratisbonne, physico-médicale de Lau-Erlan, physiographique de Lund, d'Agriculture d'Ettingen, de Cassel, du royaume de Bavière, économique de Potsdam, patriotique de la Silésie, Royale des Beaux-Arts et de Littérature de Gand, du Lycée de New-York, et de la Réunion polytechnique de Bavière, etc.

PARIS,

IMPRIMERIE DE A. FIRMIN DIDOT,

RUE JACOB, N° 24.

MESSIEURS,

NOTRE époque est celle du plus uniforme développement de l'esprit humain ; des progrès certains se manifestent sur presque tous les points du globe ; partout l'esprit d'investigation s'est éveillé, la science de l'observation s'est étendue ; les résultats des recherches et des méditations se reproduisent à l'envi, au moyen de l'imprimerie, établie jusque dans les îles de la mer du Sud. Dans les contrées les plus reculées du nouveau, comme de l'ancien Monde, il s'est formé des Sociétés savantes, des Recueils périodiques, pour aider et diriger cette grande impulsion du génie de l'homme. Parvenus enfin à ce degré de civilisation où la culture des sciences est passée dans la masse des sociétés, et où l'industrie est devenue le principal élément de la force, de la richesse et du bien-être des nations, était-il désormais possible de se tenir au courant de tous les faits reconnus, de tous les écrits publiés, et par conséquent de la marche progressive des diverses connaissances humaines, sans le secours d'un répertoire périodique conçu sur des *bases nouvelles*, et propre à satisfaire à ce nouveau besoin ?

Pour décider cette question, pour porter la conviction dans tous les esprits qui n'ont pu encore se rendre compte des effets de cette puissante impulsion, pour prouver enfin que les moyens de correspondance employés jusqu'alors étaient insuffisans, signalons d'abord l'état actuel de la culture de l'esprit humain sur toute la surface du globe, et ses résultats ; tâchons ensuite de faire apprécier à leur juste valeur les moyens pratiqués pour ces communications, objet constant des vœux de tous les hommes éclairés, besoin impérieux, qui n'est autre que celui d'une civilisation perfectionnée et progressive.

Avant d'entrer dans l'examen de ces deux importans objets, nous croyons indispensable de montrer d'abord la nécessité, non pas de cette communication en thèse générale : cette nécessité est sentie, quoique d'une manière vague, par les esprits même les moins éclairés, mais celle d'une correspondance *active, régulière et complète* entre tous les hommes qui concourent aux progrès des diverses connaissances humaines. Sous ce rapport, les idées sont beaucoup moins arrêtées, et un très-petit nombre d'esprits élevés, les savans qui s'occupent avec zèle d'une branche quelconque des sciences, comprennent seuls la nécessité d'une semblable correspondance.

Nécessité d'une correspondance ACTIVE, RÉGULIÈRE ET COMPLÈTE, *entre tous les hommes qui concourent aux progrès des connaissances humaines.*

C'est effectivement pour les sciences de faits et d'observations surtout que cette correspondance *active, régulière et complète* est devenue indispensable, car on n'avance dans ces sciences que par des efforts progressifs : la recherche d'un fait suppose nécessairement la connaissance d'autres faits plus ou moins analogues et antérieurement connus ; et, pour faire un pas nouveau dans une de ces sciences, il faut auparavant connaître l'espace parcouru par tous ceux qui ont déjà laissé des traces dans la carrière. Chaque savant fait avancer la science au moyen des jalons placés par les autres ; ces jalons, qui d'abord dirigent sa marche, lui permettent seuls ensuite de dépasser ses devanciers et de reculer les bornes qu'ils avaient déjà posées. Ainsi, dans les sciences positives, les générations s'élèvent au-dessus de celles qui les ont précédées ; s'il en était autrement, les derniers venus en seraient encore aux premiers élémens.

Dans les lettres et dans les arts d'imagination, au contraire, le sentiment, le goût, n'ont besoin d'aucun précédent. Dans l'enfance de la civilisation, les sociétés humaines ont pu produire un Homère ; dans les beaux-arts, les merveilles de la Grèce naquirent sans modèles, et ses grands artistes sont restés sans rivaux.

Les progrès, dans les sciences, dépendent donc de la connaissance de tous les faits déjà constatés, et la propagation rapide de ces faits peut seule épargner aux savans, disséminés aujourd'hui sur toute la surface de la terre, et aux hommes voués à l'industrie, les essais, les tâtonnemens, la perte de temps et les dépenses qu'ils auraient inévitablement à supporter s'ils étaient avertis tardivement des découvertes et des tra-

vaux des autres. Si, au contraire, cette correspondance est active et fidèle, toujours au courant des progrès successivement obtenus par
tous ceux qui font marcher les sciences en avant, leur force et
leur zèle ne s'emploieront qu'à hâter encore ces progrès. Ainsi, l'esprit
humain, toujours en haleine, toujours excité par ce tableau périodique
de ses propres succès, s'assure une marche ascendante, rapide, réfléchie
et constante, dont le terme ne peut être limité, et qui doit le garantir a
jamais de tous pas rétrogrades.

Les conséquences que l'on déduit des faits constatés sous les noms
de *systèmes*, de *théories*, sont vérifiées et rejetées, confirmées ou étendues par les résultats des expériences et des découvertes nouvelles.
Ainsi, des vérités qui ont force de loi s'établissent pour gouverner et
soulager l'esprit de l'homme: et quand on pense que souvent un fait
isolé, insignifiant quelquefois en apparence, ou dont on n'aperçoit pas
les rapports, mais qui devient lumineux pour le savant qui sait les découvrir, suffit pour coordonner tout un système, ou pour détruire la
théorie la plus puissante, on conçoit combien cette *prompte* et *complète*
communication de tous les faits acquis devient importante pour les
sciences positives.

Sans doute, les personnes qui les cultivent sans se proposer expres-
sément d'en reculer les bornes, mais comme simple délassement, ou
comme objet d'une agréable occupation, s'attacheront avec moins d'ardeur peut-être a cette nécessité d'une indication complète de tout ce
qui se fait, de tout ce qui se dit sur une partie quelconque de l'une de
ces sciences. Mais, si l'on réfléchit au nombre d'hommes qui, aujour-
d'hui, les cultivent par devoir, et qui sont obligés, par des intérêts divers, mais positifs, d'en saisir les progrès presque a leur naissance, ou
qui les cultivent par goût, avec la noble ambition de leur faire faire de
nouveaux pas; si l'on pense au prodigieux accroissement de la sphère
de la plupart d'entr'elles, on reconnaîtra 'un même individu est réduit à ne pouvoir plus embrasser l'ensemble d'aucune de ces sciences,
et qu'en conséquence un nouveau Pic de la Mirandole est aujourd'hui,
et depuis long-temps déjà, un phénomène de savoir, qui ne peut plus
se reproduire; on sera bientôt convaincu qu'il ne peut plus y avoir, par
exemple, de naturaliste universel, parce que les parties diverses de

l'histoire naturelle ne peuvent plus être possédées complétement par le même homme, la zoologie, entr'autres, demandant une quantité de savans spéciaux pour ses diverses branches. On comprendra donc aisément que, sous l'empire d'une telle spécialité, qui multiplie les faits et les observations de détail, il est du plus haut intérêt pour tous les savans, obligés de s'y restreindre, qu'ils puissent se procurer une connaissance complète de tous les faits, de toutes les observations constatées par l'impression. Il faut qu'au moyen de cette correspondance chaque savant soit assuré qu'il ne lui échappera aucun des faits, aucune des observations qui peuvent modifier ou étendre ses opinions et ses vues; qu'on lui signalera tous les travaux qu'il doit consulter; qu'il pourra enfin, et en sûreté de conscience, publier comme nouveau ce qu'il n'aura pas déjà trouvé enregistré dans cette statistique périodique des découvertes journalières.

La prospérité, le bien-être des sociétés, celui même des individus, sont également intéressés, au plus haut degré, à l'activité, à la régularité de ces rapports; ils n'importent point seulement aux progrès des connaissances que le vulgaire n'envisage que comme des objets de vaine curiosité. Les innombrables applications des sciences ont modifié l'existence des sociétés; cette vérité est aujourd'hui plus que jamais devenue triviale, depuis que l'industrie, qui emprunte aux sciences ses élémens de succès et de profits, semble s'être assuré l'empire du monde. La prompte connaissance d'un procédé économique ou plus parfait, celle d'une nouvelle machine, d'un moyen nouveau d'obtenir un résultat utile, vont changer la fortune d'un individu, quelquefois celle d'une population, d'une nation tout entière, qui, la première, en saura découvrir et mettre à profit l'importance. Un procédé opératoire inconnu, un nouveau moyen de guérison, portés rapidement à la connaissance de tous les praticiens, peuvent sauver la vie à un très-grand nombre d'hommes des diverses contrées du globe; tandis qu'en l'absence de cette correspondance universelle et active, ces mêmes faits ne fussent parvenus à pénétrer qu'après un retard, souvent très-long et toujours funeste, dans cette multitude de centres particuliers d'existences sociales, qui couvrent la terre.

C'est au moyen de cette correspondance que les résultats de l'expérience et de l'acquisition d'une foule de faits et de vérités utiles, portés successivement chez les mêmes peuples, finissent par s'y naturaliser et par les convaincre et les entrainer, malgré toutes les résistances de la routine et des préjugés. C'est ainsi que ces rapides communications peuvent contribuer si efficacement à la civilisation des sociétés: et ces motifs si puissans, appréciés par les hommes éclairés de toutes les époques, les ont portés à faire de cette correspondance *régulière, générale* et *complète*, l'objet de leurs constans efforts, de leur plus active sollicitude.

Examinons actuellement comment l'esprit humain a successivement procédé pour parvenir à ce grand résultat; jetons un coup-d'œil rapide sur son état de culture à diverses époques, et précisons les moyens successivement inventés pour satisfaire à cette nécessité, de plus en plus impérieuse, à mesure que les fruits de l'instruction sont devenus plus généraux et plus multipliés. Cet examen nous permettra d'esquisser le tableau du prodigieux mouvement de l'esprit humain à l'époque où nous sommes arrivés: de faire apprécier les moyens de communication existans, et de juger s'ils sont en rapport avec les besoins que ce mouvement a fait naitre.

Coup-d'œil général et comparatif sur la culture de l'esprit humain à diverses époques. — Avant l'imprimerie.

Avant l'invention de l'imprimerie, toute la science des hommes était renfermée dans un certain nombre de manuscrits réunis dans les bibliothèques peu nombreuses des principaux monastères de l'Europe, et, en Orient, dans les palais des califes. Un petit nombre de moines, de poètes, de médecins (nommés *physiciens*), d'alchimistes, de philosophes ou de professeurs, y puisaient seuls les connaissances des anciens, que les efforts des Arabes, des empereurs de Constantinople, et le zèle de Charlemagne, sauverent d'un entier oubli. Malgré quelques travaux d'un petit nombre de mathématiciens et d'astronomes en Europe, dans l'Orient, en Chine et à l'école tatare de Samarcande; malgré la protection accordée à ces sciences par quelques princes, il eût été facile alors, on peut le dire, de compter les hommes qui, sur toute la surface de la terre, avaient eu la curiosité de pénétrer dans le champ encore si obscur et si rétréci des sciences *proprement dites*, dont la renaissance et la dispersion en Europe ne datent guère que du milieu du XVe siècle.

Les lettres et les beaux-arts, au contraire, enfans de l'imagination, occupaient dès-lors un rang plus honorable. Dès les premiers siècles du moyen âge, les Pisans et les Florentins font revivre l'architecture et la peinture en Italie; la renaissance des lettres, dans cette contrée, date du milieu du XIIIe siècle, et du poëme à la fois bizarre et sublime créé par le génie du Dante. Ce fut aussi dans ce siècle que le moine Roger Bacon et le Pape Sylvestre II (Gerbert) firent luire les premiers rayons des sciences naturelles et de l'érudition. C'est aux efforts de l'Italie, où les Arabes et les Grecs se mêlèrent si utilement aux nationaux, que sont dues les premières écoles ou universités. Les études qu'on y faisait préparèrent l'enseignement des sciences. Ainsi, le fameux *conseil d'Alcuin*, ébauche de l'université de Paris, qui servit de modèle à toutes celles de l'Occident, est dû à l'amour de Charlemagne pour les lettres.

A la vérité, nous voyons, jusqu'à la fin du XVe siècle, l'établissement de plusieurs écoles fameuses et d'un assez grand nombre d'universités en France, en Italie, en Allemagne, en Angleterre, en Espagne, en Portugal, en Suisse, attester les progrès de l'instruction pendant cette longue période; nous voyons même des universités s'élever à Cracovie, à Upsal et à Copenhague; mais ce sont toujours les belles-lettres, le droit et la théologie qui composent presque exclusivement l'enseignement dans ces écoles; on y défend même, pendant long-temps, d'enseigner la philosophie d'Aristote: la médecine seule fait exception : le besoin qui la fit respecter, à toutes les époques, est comme le principe des premières institutions scientifiques spéciales qui naquirent dans ce temps. La Faculté de médecine de Montpellier et le Collége de chirurgie de Paris furent établis dans le XIIIe siècle.

Naissance des premières Académies. — Découverte de l'Imprimerie.

Mais déjà ce besoin de communication qu'éprouvent les hommes qu'une communauté de goûts et de sentimens tend à rapprocher les porte à se réunir à l'imitation des académies des Grecs, des Romains et des Arabes.

Dans le XII° siècle, il naît à Lunel une Académie littéraire fondée par des Juifs; dans le XIII° siècle s'élève l'Académie de Florence; au XIV°, Clémence Isaure fonde à Toulouse les Jeux floraux; les élèves de Giotto établissent l'Académie des beaux-arts de Florence; celle de Saint-Luc se forme à Paris pour le même objet, et une Académie littéraire s'organise à Forli. Dans le XV°, de nouvelles Sociétés de ce genre montrent les progrès du besoin de communication; Cosme de Médicis fonde à Florence l'Académie platonique; à Sienne s'établit celle *degli Intronati*; celle de Rome date de la même époque; à Rouen, la Confrérie de l'immaculée Conception, créée vers la fin du XI° siècle, se forme en Académie et prend plus tard le nom de *Puy de la Conception*, par imitation des Puys d'amour, et ensuite celui de *Palinod*; Léonard de Vinci fonde l'Académie de Milan, et Conrad Celtès les deux premières Sociétés littéraires de l'Allemagne, l'une sous le nom de *Société du Danube*, l'autre sous celui de *Société du Rhin*. Nous ne voyons s'élever dans cette période aucune Société dont la culture des sciences soit l'objet indirect ou spécial, si ce n'est peut-être l'Académie des Botanophiles, fondée, en 1472, à Cortone, par Laurent de Médicis.

Ce fut vers le milieu de ce même siècle qu'apparut l'imprimerie, destinée à changer la face du monde, et qui est devenue le principal agent de la civilisation universelle, en procurant aux hommes un puissant moyen de correspondance et de propagation pour leurs idées et leurs travaux. Jusqu'en 1500, cet art nouveau produisit un grand nombre d'ouvrages; les matières théologiques étaient le goût dominant de l'époque, l'imprimerie se conforme à ce goût; mais les matières profanes s'accréditaient également de plus en plus, et presque tous les classiques grecs et latins, les productions contemporaines les plus renommées, les grands corps de jurisprudence et quelques compilations géographiques comptent aussi parmi les produits de l'imprimerie dans la seconde moitié du XV° siècle.

Au XVI° siècle.

Dans le courant du XVI° siècle, l'imprimerie fit des progrès sensibles et s'établit même dans des villes d'un ordre secondaire en France [1].

1 La première imprimerie établie à Paris date de 1462

2

en Italie, en Allemagne, en Hollande, en Angleterre et en Espagne, où elle répandit de vives lumières. Le goût des lettres et celui des beaux-arts étendirent leur empire et firent éclore, surtout en Italie, un certain nombre d'académies nouvelles, parmi lesquelles on distingue celle de la Crusca. Hors de cette contrée, on ne compte, dans ce siècle, que la Société littéraire d'Ingolstadt, l'Académie italienne fondée par Ronsard à Paris, et une Académie de musique établie dans la même ville. De nouvelles universités montrent les progrès d'une inclination plus générale pour l'étude, et s'élèvent en France, en Italie, et surtout en Allemagne et en Espagne; il s'en forme même une en Pologne, celle de Zamosk, et en Russie, la première de ce vaste empire, celle de Wilna; enfin le Nouveau-Monde lui-même voit des universités s'établir sur les débris de l'empire des Incas, à Quito, à Mexico et même à Santo-Domingo. Mais cet élan fut restreint aux villes principales des états les plus policés et à quelques capitales des autres royaumes de l'Europe. Les universités de l'Amérique n'étaient créées que pour les Espagnols; le reste du monde était plongé dans les ténèbres de l'ignorance, et l'étude des sciences était bornée, dans toutes les universités, à l'enseignement scolastique de la philosophie péripatéticienne; aussi, malgré le progrès visible des lumières, malgré le premier essor de l'esprit de critique et d'examen dans les écrits d'Ulric de Hütten, de Reuchlin et d'Érasme, le dénombrement des hommes véritablement voués à l'étude des sciences eût encore été, jusqu'à la fin de ce siècle, un travail peu difficile.

Dans le XVIIe siècle.

C'est à partir du XVIIe siècle, c'est après la grande impulsion donnée par le chancelier Bacon et par Descartes aux recherches scientifiques, fondées sur la méthode et l'expérience, que l'instruction devenant plus commune, les productions de la presse se multipliant dans presque tous les états de l'Europe, les conditions de capacité s'établissant pour certains emplois, on s'aperçoit des progrès marqués de la culture de l'intelligence humaine et de l'influence du grand règne de Louis XIV. Alors on voit naître les premières sociétés savantes, et les académies, les sociétés littéraires se multiplier et les journaux périodiques, les recueils académiques paraître pour la première fois, comme enfantés par ce nouvel état des sociétés civilisées.

Une université s'établit à Abo; plusieurs autres en Allemagne et deux nouvelles en Amérique, l'une à Lima, l'autre à Guatemala.

L'Académie Française, l'Académie royale de Peinture et de Sculpture, celle des Inscriptions et Belles-Lettres, l'Académie royale des Sciences, celle d'Architecture se forment à Paris; les Académies d'Arles, de Soissons, de Nimes, de Toulouse et de Villefranche s'établissent dans les provinces.

La Société royale de Londres, les Académies de Bastia, d'Annecy, de Venise, de Bologne, de Padoue, d'Ancône, de Parme, de Dublin; celles des Lyncei, del Cimento, des Arcades et un grand nombre d'autres en Italie; celle des Curieux de la nature d'Augsbourg, forment, en Europe, autant de foyers littéraires ou scientifiques qui répandent, dans leurs cercles respectifs, l'amour des lettres et des sciences, échauffent et vivifient les nations.

Le *Journal des Savans*, les Recueils de Basnage, de Denys et de Leclerc, le *Mercure galant* s'élèvent en France; à Londres paraissent les *Transactions philosophiques*, la plus ancienne des collections académiques, avec les *mémoires de l'Académie des Sciences de Paris*; le Journal de l'abbé Nazari à Rome, ceux de Venise, de Parme, de Ferrare; les *Acta eruditorum* de Leipzig, les *Éphémérides des Curieux de la nature*, en latin, les *Entretiens mensuels Monatlichen Unterhaltungen* en allemand; les *Acta medica hafniensia* de Thomas Bartolin, à Copenhague, le *Journal de médecine* de Blegny et le *Bookzaal* à Amsterdam, enfin les *Nouvelles de la république des Lettres* de Bayle, et quelques autres recueils encore, paraissent successivement, créés par le besoin de communications plus actives qu'éprouvèrent dès-lors les savans et les hommes de lettres, et par le désir devenu plus général chez les hommes éclairés, de se tenir au courant des travaux qui les intéressaient.

Résultats jusqu'à la fin du XVIIe siècle.

Arrêtons-nous un instant à la fin du XVIIe siècle: nous venons de voir, avec les premiers témoignages du goût pour les lettres et les beaux-arts, se former des réunions consacrées à s'encourager mutuellement, dans leur culture, à établir un échange réciproque d'idées et de sentimens, à fonder, par la discussion, une communauté d'opinions sur certains faits; mais ce moyen de communication fut bientôt insuffisant; ces sociétés désirèrent de communiquer entr'elles et avec leurs adeptes; ceux-ci de correspondre entr'eux, et tous de propager leurs idées ou leurs doctrines et de répandre parmi les hommes instruits, dont le nombre augmentait d'une manière notable, les ouvrages des anciens qui jouissaient d'un plus grand crédit, et dont il était difficile et dispendieux de se procurer des copies. Il fallait ce concours de circonstances heureuses, ce nouveau mode d'existence de quelques sociétés de l'Europe, sinon pour que l'imprimerie fût inventée, du moins pour qu'elle se soutînt, qu'elle fût employée utilement pour ses inventeurs et qu'elle ne tombât pas dans l'oubli. Un siècle avant, elle serait sans doute devenue l'apanage du clergé, qui seul alors pouvait en apprécier l'importance. Mais à peine un siècle fut-il écoulé depuis l'invention de cet art, dont l'influence fut si prompte et si puissante, que l'accroissement rapide de ses résultats le rendit insuffisant pour tenir la partie éclairée des nations policées au courant de tous les faits qui l'intéressaient. La publication lente de travaux long-temps médités ne pouvait suffire aux besoins et à l'activité de l'esprit humain: d'ailleurs, ces publications se multipliant dans tous les pays, il devenait moins facile de les connaître toutes en temps utile, surtout si l'on réfléchit à l'état des rapports sociaux à cette époque. Enfin on ne pouvait publier à part une foule de faits, de remarques, fruits instantanés de l'observation ou de la réflexion; il fallait un moyen plus rapide de communication; il fallait imaginer une nouvelle combinaison des résultats de la presse pour obtenir ce moyen si justement désiré. On appliqua dès-lors aux lettres et aux sciences le procédé employé pour les nouvelles politiques, dans plusieurs états de l'Europe; et les gazettes servirent de modèles aux journaux et aux autres recueils périodiques, véritables courriers de la pensée, destinés à répandre dans chaque centre, et d'un centre dans l'autre, les nouvelles de la république des lettres et des sciences, à signaler l'apparition de tous les nouveaux ouvrages et à recevoir ces réflexions rapides qui ont tant hâté l'essor de l'intelligence humaine, ou ces notices, ces mémoires auxquels toutes les sciences positives doivent leurs progrès.

Cependant, tel était encore l'état des sociétés, que jusqu'à la fin du XVIIe siècle, une cinquantaine de recueils suffirent aux hommes instruits en tous genres et au beau monde de tous les états policés de l'Europe, qui, suivant en cela l'impulsion donnée par le grand roi, tint dès-lors à honneur de cultiver les lettres et même d'encourager les sciences; la masse des sociétés ne participait point encore à ce grand mouvement, et l'Asie, l'Afrique, l'Amérique, et même toute la partie orientale de l'Europe, n'avaient encore presque rien apporté dans cet échange mutuel de lumières propres à chacune des nations civilisées. Les hommes qui, jusqu'alors, s'occupaient des sciences mathématiques, physiques ou naturelles, d'anatomie, d'agriculture, des arts mécaniques ou chimiques, de géographie, de statistique, d'économie publique ou des antiquités, encore en petit nombre, étaient, dans chaque pays, l'objet de l'attention et de l'admiration du public, et le dénombrement des savans de chaque état eût sans doute été une chose encore possible. Ce fut alors que Leibnitz, ce génie profond et universel, imitant en cela notre célèbre Peyrese, sentit le besoin d'une correspondance régulière et générale entre les savans, correspondance qu'il s'efforça de fonder et qu'il entretint avec une activité prodigieuse.

XVIIIe Siècle.

Avec le XVIIIe siècle, nous voyons des académies, des sociétés savantes se former dans presque toutes les villes principales de France et des autres états de l'Europe; l'Académie royale de Berlin, qui dut depuis tant d'influence au génie puissant du grand Frédéric; celles de Madrid, de Lisbonne, de Stockholm, de Copenhague, de Munich; la Société royale d'Upsal, l'Académie impériale de St.-Pétersbourg, la Société d'Harlem, celle de Varsovie, la Société Théodoro-Palatine, s'établissent; dans plusieurs pays l'on voit même se former des sociétés savantes avec un but spécial dans leurs travaux. Ainsi s'élèvent à Londres deux sociétés pour encourager l'industrie, l'une sous le titre de *Société des arts*, l'autre sous le titre de *Société anti-gallicane*; à Paris, l'Académie royale de chirurgie et la Société royale d'agriculture; aux États-Unis se forment la Société du Massachussets et la Société philosophique de Philadelphie, et, à l'extrémité opposée du monde, les Hollandais instituent une Société des arts et des sciences à Batavia; deux universités sont fondées en Russie, celle de Moscou et celle de St.-Pétersbourg; les journaux, les recueils périodiques se multiplient surtout en France, en Angleterre, en Hollande, en Allemagne, dans le midi comme dans le nord de l'Europe.

On remarque qu'en général, si les sciences positives commencent dès-lors à prendre un certain essor, les lettres, les beaux-arts, conservent encore jusqu'aux approches de la Révolution française une prééminence plus ou moins marquée, quoique parfois contestée par les mathématiciens et les physiciens, mais qui décline vers la fin de ce siècle. Avec le XIXᵉ, elles semblent céder le sceptre aux sciences de faits et d'observations, et aujourd'hui les nations civilisées paraissent, en général, faire plus de cas d'une découverte utile, d'une application profitable, que des plus belles productions du génie poétique ou de la plus élégante dissertation littéraire: témoignage certain, quoique diversement appréciable, de l'empire des faits sur les sentimens, et du jugement sur l'imagination.

Pendant une grande partie du XVIIIᵉ siècle, les ouvrages *ex professo*, sur les sciences proprement dites, n'étaient point encore assez multipliés pour que les savans pussent les connaître à peu près tous dans un temps opportun, soit directement, soit par le moyen des recueils qui les signalaient à leur attention. C'était d'ailleurs principalement par des mémoires spéciaux insérés dans les recueils des Académies de Paris, de Dijon, de Montpellier, de Londres, de Berlin, de St.-Pétersbourg, d'Upsal, de Copenhague, de Stockholm, de Bâle, de Turin et de quelques autres villes de l'Italie ou de l'Allemagne, que les savans faisaient avancer les sciences, et c'était surtout au moyen de ces recueils que les sociétés et les savans correspondaient entr'eux. Dès-lors cependant, la langue latine commençant à ne plus être employée aussi généralement par les savans, une foule de recueils et d'ouvrages se publiant dans la langue propre à chaque nation, et leur nombre augmentant chaque jour, il devint dès-lors de plus en plus difficile de connaître tous les faits successivement constatés, toutes les nouvelles découvertes, toutes les publications intéressantes. Alors, on vit s'étendre pour les recueils périodiques l'empire de la spécialité: chaque pays eut ses journaux, et un petit nombre de recueils seulement conservèrent le privilège d'être communs à tous les états. Les *Répertoires*, les *Revues*, les *Annales*, les *Magasins* se multiplièrent, soit dans le but particulier de rassembler tout ce qui concernait une ou plusieurs sciences, soit dans l'intention plus générale de tenir les esprits au courant de tous les faits scientifiques, et quelquefois même aussi de toutes les nouvelles littéraires.

Cette espèce de recueil, née de l'insuffisance des journaux ordinaires, marque le déclin de ce moyen imaginé au XVIIe siècle, pour suppléer à la communication directe des résultats des efforts de l'esprit humain.

XIXe siècle.

Depuis le commencement du XIXe siècle, et même depuis le milieu du XVIIIe, tout dénombrement des savans est devenu presque impossible, du moins pour tous les états anciennement civilisés de l'Europe, et même peut-être pour les États-Unis de l'Amérique du Nord. La culture des sciences et celle des arts industriels sont passées dans la masse des sociétés, et les femmes elles-mêmes se sont adonnées à l'étude des premières. Désormais le degré relatif de culture de l'esprit humain ne peut donc s'apprécier que par le nombre et l'espèce des sociétés savantes de chaque pays et par celui des recueils périodiques qui s'y publient, ces deux données étant en rapport avec l'état de l'instruction de la population et dans une dépendance directe du nombre des individus pour qui ces associations et ces recueils sont un besoin.

Résultats généraux au XIXe siècle.

Le nombre des journaux et des recueils périodiques s'est élevé à un tel point qu'il faudrait une sorte d'enregistrement officiel, dans certains états, pour le connaître exactement et pour en suivre tous les mouvemens. Les sociétés savantes se sont accrues dans la même proportion, et cette impulsion, incalculable dans ses résultats, ne s'est point bornée à l'Europe. L'imprimerie s'est établie, comme nous l'avons dit, jusques dans les îles de la mer du Sud; nos bibliothèques, dont plusieurs générations pourraient à peine apprécier les richesses, s'accroissent aujourd'hui des productions des presses d'Otaïti ou des îles Sandwich. Des sociétés savantes, des académies prospèrent à la Nouvelle-Hollande, dans l'Archipel d'Asie, à Calcutta, à Bombay, à Madras, à Ceylan, à Ste-Hélène, à Sierra-Leone; dans les vallées de l'Ohio et du St-Laurent, comme sur les plateaux des Andes; dans la Norvége, en Sibérie et jusqu'aux pieds du Caucase. On en compte plusieurs dans toutes les principales villes des Etats-Unis; dans peu, il en sera de même au Mexique et dans toutes les républiques de l'Amérique du Sud; la Grèce, nous devons l'espérer, va voir renaître ces académies dont elle a donné l'exemple au monde; l'Afrique elle-même est comme *bloquée* par la civilisation, et les sciences et l'industrie s'emparent déjà des rives du Nil depuis si long-temps délaissées. Enfin, tel est l'empire de cette étonnante impulsion que la race nègre fonde une université à St-Domingue, et qu'elle y forme aussi des sociétés savantes et littéraires.

Toutes ces académies, toutes ces sociétés sont autant de foyers d'activité où l'émulation s'anime, où les découvertes, les travaux se multiplient, et aujourd'hui, celles de la vieille Europe, de Londres, de Paris, de Berlin, de Milan, etc., s'enrichissent des fruits des recherches de toutes ces nouvelles associations, et sont obligées de se tenir au courant de leurs travaux. Lund, Gottembourg, Abo et Kazan doivent correspondre avec le port Jackson, avec Bombay, avec Boston, avec Lexington, dans le Kentucky (ville inconnue il y a 20 ans), afin de profiter des découvertes et des observations de leurs savans.

Plus de 2000 journaux ou recueils littéraires ou scientifiques se publient en Europe, d'Abo à Naples et de Moscou à Lisbonne; plus de 100 s'impriment et se distribuent aux Etats-Unis seulement; l'Amérique méridionale en offre plusieurs; l'Inde et la Chine en comptent plus de 40; l'Océanie et les grandes îles d'Asie 10 au moins, et l'on publie des gazettes à Smyrne, au Cap de Bonne-Espérance, à Sierra-Leone, dans l'Océanie, à St-Domingue, etc. Ainsi, des foyers d'activité et de propagation se sont établis sur toute la surface de la terre, et la partagent en une multitude de cercles distincts, inégaux en étendue comme en influence, et dont la sphère d'activité a été déterminée par l'ensemble des circonstances politiques, la position géographique, la facilité ou les difficultés des rapports, etc.

Observés d'une manière générale, cette multitude de cercles particuliers, si nombreux surtout en Allemagne et même en Italie, peuvent se rapporter à des périmètres plus étendus, dont ils dépendent jusqu'à un certain point par des liens réciproques, tels que la communauté d'origine, de langue, de mœurs, d'habitudes, qui constituent la nationalité. Ces grands cercles de culture et de propagation peuvent être classés entre eux d'après l'ensemble des circonstances favorables qui déterminent l'étendue plus ou moins grande de leur influence relative.

En Europe, la France, l'Angleterre, l'Allemagne et l'Italie occupent le premier rang. Au Nord, le Danemark et la Suède; au centre, Genève et la Suisse, la Belgique et la Hollande occupent le second rang. La Russie vient après. L'Espagne et le Portugal ne comptent presque plus. La Grèce ne compte point encore. Quant à la Turquie, dominée par l'empire des ténèbres et du fanatisme, quoique l'impulsion française y ait fondé une imprimerie depuis près d'un siècle, loin de réfléchir quelques lumières, elle attend leur influence vivifiante, et il semblerait que la nécessité porte le dépositaire du sceptre de Mahomet à soulever le voile épais et lugubre qui couvre ce malheureux pays, pour l'arracher à sa ruine.

En Asie, l'Inde anglaise, bien qu'elle relève de l'Angleterre, forme un cercle d'activité très-distinct; la Russie asiatique appartient, au contraire, entièrement au grand cercle russe; la Chine et le Japon en forment deux autres; Tiflis et Smyrne tendent à se constituer comme foyers distincts.

L'Afrique, dépendante des Européens pour sa civilisation, offre quelques points par lesquels l'industrie et le commerce cherchent à faire pénétrer leurs maximes et leurs bienfaits : c'est l'Égypte, d'abord, où ils sont protégés par le Croissant, puis le Sénégal, Sierra-Leone et le cap de Bonne-Espérance; ils s'y introduisent avec nos compatriotes.

L'Amérique n'offre, à bien dire, qu'un petit nombre de cercles généraux : les États-Unis et le Mexique dans l'Amérique du Nord : les premiers sont tout-à-fait au niveau des états les plus éclairés; puis les états qui ont remplacé les anciennes colonies espagnoles et portugaises, dans l'Amérique du Sud, et parmi lesquels le Brésil tient le premier rang; les Antilles anglaises et françaises n'ont que très peu d'action.

L'Océanie offre plusieurs foyers distincts : le foyer hollandais est à Batavia; le foyer anglais a pour métropole le port Jackson.

3

Tel est l'ensemble des cercles généraux de culture et de propagation qui divisent la surface du globe, et auxquels se rattachent une foule de centres particuliers de travaux et d'activité.

La France jouit du privilége, non contesté, de prendre le premier rang parmi ces foyers de lumières qui ont vivifié et civilisé la terre. Sa langue est devenue celle de tous les savans, de tous les littérateurs, de la diplomatie de toutes les cours et celle du beau monde et des hommes bien élevés de tous les pays, avantage qu'elle doit bien plus au grand nombre et à la suprématie de ses littérateurs d'abord et de ses savans ensuite, qu'à l'influence de sa politique et aux succès de ses armes.

Paris, foyer principal et presque unique de ce vaste cercle, est devenu le rendez-vous commun des savans de tous les pays; et la réputation de ses établissemens publics d'enseignement ou d'instruction en tout genre, la célébrité de ses académies et de ses sociétés savantes, celle de ses professeurs y attirent journellement des néophytes de toutes les contrées de la terre.

Mais déjà, l'on observe depuis quelque temps que les rapports de supériorité de la France avec quelques autres grands cercles d'activité, tels que l'Angleterre et l'Allemagne, ne sont plus aussi marqués. La vie, l'émulation, cette chaleur fécondante qui anime tout, semble s'éteindre, malgré les exemples de quelques savans illustres, de quelques grands citoyens, et l'élan généreux d'une jeunesse ardente et passionnée pour le bien, exceptions consolantes, dont, sans sortir de cette enceinte, nous pourrions trouver des preuves si frappantes. Nos grands établissemens publics sont, en général, dans un état de langueur ou même de dépérissement. Nos sociétés savantes ont pour la plupart perdu leur activité et leur influence sous l'empire des coteries qui les divisent, ou des intérêts privés qui les annulent; on remarque chez les hommes qui ont quelque action une indifférence si générale pour les intérêts publics et la gloire du pays que celui qui s'y dévoue ne tarde pas à s'apercevoir que l'on ne croit pas à la générosité de ses sentimens et qu'il joue un *rôle de dupe*; on remarque une apathie inconcevable pour tout ce qui est grand et noble, et si l'on manifeste quelque énergie, c'est à l'intérêt privé, c'est aux engagemens, aux exigences de coterie (à quelques heureuses exceptions près), qu'il faut en rapporter l'honneur; chose inouïe et pourtant trop certaine, cette apathie est telle qu'une foule de gens honorables consentent à donner leur nom et leur argent pour encourager des entreprises utiles, qu'ils placent même des capitaux considérables dans des spéculations importantes: mais ils refusent tout autre concours, négligent les obligations imposées par les statuts; et une foule de ces entreprises, de ces spéculations languissent ou meurent faute de pouvoir réunir un nombre suffisant de sociétaires pour prendre une délibération. Cette apathie décourageante a porté un coup fatal à l'esprit d'association qui commençait à se développer chez nous; enfin, chose non moins singulière, la France est aujourd'hui peut-être, de ces quatre grands cercles que nous venons de signaler, le pays où l'on écrit le plus et où on lit le moins, et l'on y voit, avec étonnement, des hommes d'état, des savans ne pas consulter les ouvrages même dont on leur fait présent, et les plus essentiels à leurs travaux habituels.

Tels sont les résultats inévitables de nos discordes intestines, de l'absence de principes fixes, et hautement professés; tel est l'effet des exigences du moment, d'une marche long-temps incertaine et sans règle, et de l'imprévoyance de l'avenir: c'est là enfin que nous ont amenés l'abandon trop fréquent des conditions de capacité pour les emplois publics, et le défaut de surveillance sur ceux qui en sont revêtus, surveillance si nécessaire, cependant, pour assurer la bonne et stricte exécution des devoirs.

Tels sont aussi les suites inévitables de l'époque de transition où nous nous trouvons, placés, comme nous le sommes, entre les temps où le gouvernement devait et pouvait tout encourager, tout soutenir, et ceux vers lesquels les générations s'avancent, époque à laquelle des individus réunis seront appelés à soutenir, à encourager tout ce que le gouvernement sera dans l'impuissance de faire et de protéger. État incertain encore sous le point de vue qui nous occupe, où l'intérêt individuel, souvent peu éclairé, souvent imprudent, jamais convenablement dirigé, a cependant enfanté des prodiges, procuré à l'industrie et aux arts utiles un essor inconnu jusqu'alors, et multiplié leurs applications pour le bonheur des sociétés; mais où le gouvernement peut moins chaque jour; où l'aristocratie de fortune ne comprend point encore son rôle, parce que les idées élevées, les sentimens généreux n'arrivent pas plus nécessairement avec l'argent, qu'avec la naissance, et qu'il faut un certain esprit public, un certain respect humain pour entrainer les cœurs froids et rebelles aux inspirations

3.

généreuses : état singulier et affligeant où le pouvoir est abreuvé de dégoûts, où les meilleures intentions sont méconnues, parce que les individus sont inquiets et que les idées ne sont pas réglées, mais où, à travers ce sombre tableau, la France apparaît avec un fonds de force et de puissance immense, parce que cette force repose sur la légitimité d'un pouvoir tutélaire, sur la bonté, les vertus d'une race antique, auguste et révérée, sur la grandeur, la convenance de nos institutions fondamentales, sur le caractère heureux et doux, le génie industrieux de la nation, sur les ressources du sol, et, pour tout dire en un mot, sur les progrès de la raison générale.

Ainsi nous sommes loin encore de l'état où est arrivée l'Angleterre, ce pays où rien n'est impossible à l'esprit d'association bien mieux compris que chez nous, et où tout le monde répond à l'appel pour tout ce qui est grand et national ; mais nous ne sommes pas demeurés sous l'empire des circonstances qui régissent les états de l'Allemagne, où l'on a senti, depuis la paix, qu'il fallait travailler à se mettre au niveau de la France et de l'Angleterre, sous le rapport de la culture des sciences et des arts utiles, parce que la force morale qui en résulte est la seule puissance des temps modernes. On doit reconnaître qu'au moyen d'un emploi habile du pouvoir des habitudes antiques et de l'action des populations, on est arrivé en Allemagne à de grands résultats, en mettant au premier rang les conditions de capacité, puis en faisant avec discernement de grands sacrifices pour les choses et rarement pour les hommes.

C'est à Paris qu'aujourd'hui encore, comme autrefois, les réputations s'établissent ou tombent. Cependant, quoique tout ait été nivelé en France par la Révolution, et que la plupart des foyers particuliers qui y exerçaient de l'influence ne se soient point encore ranimés, quelques cités tendent peu à peu à constituer de nouveau leur influence sous ce rapport, par le patriotisme éclairé de leurs habitans et les efforts généreux et les talens de quelques-uns d'entr'eux. Caen est au premier rang parmi ces villes remarquables; Strasbourg, Metz, Rouen, Lille, Bordeaux Marseille viennent ensuite, et l'on ne peut se refuser à reconnaître, dans ce mouvement excentrique, les effets du contact avec les étrangers. Montpellier, grâce à son école célèbre, s'était seule soustraite à un désordre trop général. Les autres chefs-lieux de départemens, dont plusieurs ont à faire valoir d'honorables so.... ~s, ont des bibliothèques sans véritables bibliothécaires et sans lecteurs, des sociétés savantes sans réunions, des journaux sans intérêt pour la plupart. Ces chefs-lieux forment a la vérité un ensemble naturel de foyers d'activité dans lesquels on trouverait un nombre plus ou moins grand d'hommes zélés et capables; mais ces foyers sont sans vie et par conséquent sans influence. La vie ne peut leur venir que d'une administration habile et prévoyante, ou d'un concours heureux d'idées généreuses et d'instruction chez les générations qui s'élèvent.

L'Angleterre, par l'étendue de ses relations, la nature et la prépondérance de sa politique, qui compte au nombre de ses premiers moyens d'assujétissement les bienfaits de la civilisation, qui a répandu l'instruction sur une grande partie de la terre, et dont la langue facile étend de plus en plus son empire dans les autres parties du globe par la conquête, et chez les savans, les littérateurs, les hommes instruits des deux mondes par l'intérêt et le nombre de ses productions remarquables, occupe la seconde place sous le rapport de l'influence qu'elle exerce comme foyer de lumière et d'action pour la civilisation universelle. Londres et Édimbourg en sont les deux centres d'activité les plus marquans. Dublin n'a que peu d'influence malgré sa position; ces deux premières villes, ou, pour mieux dire, l'Angleterre et l'Écosse sont aujourd'hui visitées par la plupart des savans et des hommes éclairés, jaloux d'étudier les puissans effets des institutions qui les régissent, de l'étonnante industrie qu'elles ont développées, et de connaître les hommes d'état, les savans illustres qui les habitent.

Sous le rapport industriel, on y trouve les premiers foyers d'action qui existent; ils ont remue les deux mondes et suscité une émulation inconnue jusqu'alors chez toutes les nations.

L'Angleterre exerce son influence sur l'Inde, sur la Nouvelle-Hollande et même sur quelques-uns des nombreux archipels de la mer du Sud, ou les missionnaires anglicans importent les germes de la civilisation et des connaissances de l'Europe. Mais, quant à l'Inde et à la Nouvelle-Hollande on peut dire que l'éloignement et déjà l'esprit d'étude et d'industrie qui les animent peuvent les faire considérer comme des foyers indépendans.

L'Allemagne, c'est-à-dire l'ensemble de tous les pays soumis à l'influence commune de la langue germanique, forme le troisième grand cercle d'activité. Cette contrée, qui offre une multitude de centres particuliers.

n'a point, à proprement parler, un centre général d'action. Leipsig, malgré ses foires, ne peut pas s'envisager ainsi ; mais Berlin, Dantzig, Kœnigsberg, Jena, Halle, Bonn, Weimar, Gotha, Breslau, Heidelberg, Carlsruhe, Munich, Ratisbonne, Vienne, Graetz, Prague, Presbourg exercent tous, plus ou moins, une influence directe et indépendante. En Allemagne, les savans sont disséminés partout, excepté ceux qui sont attachés par des emplois publics aux divers foyers d'activité qui l'animent. Une foule d'hommes habiles dans telle ou telle branche des connaissances humaines vivent isolés dans un village obscur, au fond d'une province reculée. Leurs écrits seuls les ont fait connaitre. Une correspondance active, un nombre considérable de feuilles hebdomaires et de recueils mensuels, en tous genres, lient entre eux ces savans modestes et laborieux, qui se réunissent à une certaine époque de l'année en une sorte de concile provincial, quelquefois même en assemblée générale, pour se voir, se connaitre, s'entendre et discourir sur les sciences qu'ils cultivent. Les divers souverains des états allemands se disputent à l'envi, afin d'augmenter l'éclat de leurs universités, ceux de ces savans que leur renommée rend plus populaires, en leur offrant des avantages plus considérables et un avenir plus brillant ; louable émulation qui contraste tellement avec l'indifférence que l'on témoigne, dans d'autres pays, aux hommes qui font la gloire et la force morale des nations. Dans tous les états germaniques, les carrières sont fixées, et, à quelques exceptions près, dues à des circonstances politiques, tous les employés des gouvernemens sont sans inquiétude pour leur avenir. Ils savent où peuvent les conduire leurs efforts, leurs services et leur zéle ; ils ne briguent point des emplois politiques ou administratifs, des charges de finances, et rarement, et seulement pour les hommes privilégiés par une haute capacité, les gouvernemens, qui se plaisent d'ailleurs à leur décerner des titres honorifiques, les détournent-ils de la carrière à laquelle ils se sont voués, pour les jeter dans un monde inconnu dont ils n'ont point fait l'apprentissage.

L'Italie offre aussi une foule de centres particuliers, distincts, et là, comme en Allemagne, cette division tient au grand nombre de petits états indépendans qui partagent ou qui partageaient jadis la Péninsule Italique. Turin, Parme, Plaisance, Padoue, Gênes, Florence, Milan, Mantoue, Bologne, Modène, Venise, Trévise, Rome, Naples, Palerme exercent une influence isolée, peu active sans doute, mais qui entretient le feu sacré sur cet antique théâtre de la civilisation et des lumières, où l'on ne remarque point un centre d'activité influent sur les autres. Dépendans de divers grands états plus ou moins isolés sous les rapports politiques, il y a peu de correspondance entre ceux de ces divers centres d'activité qui ne sont pas soumis à une même puissance. Les entraves des douanes, la surveillance dont les productions de la presse sont l'objet, expliquent cet isolement : et telles sont les difficultés des rapports avec Rome et avec Naples que l'on peut dire que ces deux foyers sont presque en dehors des relations habituelles de l'Europe savante.

On peut en dire autant des états du nord de l'Europe ; mais par d'autres motifs. La différence des langues, la difficulté des rapports, ont isolé trois cercles bien distincts qui n'ont entre eux, ou avec les autres, presque aucune relation. Le Danemark offre deux centres d'activité : Copenhague et Altona ; la Suède et la Norvège, Stockholm et Upsal, qui correspondent entre eux ; Lund, Gottembourg et Christiania, qui communiquent difficilement avec les deux premiers. Ces deux grands cercles prospèrent et acquièrent une influence croissante sous la protection et par les efforts des princes éclairés qui les gouvernent.

La Suisse et Genève surtout, la Hollande et la Belgique, sous des points de vue très-différens, méritent plus par leur influence que par leur étendue d'être placées au nombre des foyers les plus actifs de la civilisation européenne et de la propagation des connaissances utiles. En Suisse, chaque ville un peu considérable est un centre de lumières. Genève, sous ce rapport, est placée comme un fanal entre la France et l'Italie. C'est l'entrepôt du commerce littéraire et scientifique entre les deux contrées. Elle s'approprie les travaux et les découvertes de tous les pays ; c'est la ville du savoir et du raisonnement, et des générations de savans dans divers genres ont toujours illustré cette cité célèbre. Dans les Pays-Bas, les souvenirs de tant d'établissemens renommés et des efforts soutenus pour leur rendre leur antique splendeur, font de la Hollande un pays classique, et en feront bientôt un pays où refleuriront les sciences de calcul et d'observation. Une foule de foyers de lumières éclairent ce pays. La Belgique, malgré ses forbans littéraires, et peut-être même à l'aide de ce genre de spéculation, sert puissamment la propagation des connaissances. L'influence française s'y fait sentir, et Bruxelles est devenu un centre savant plutôt que classique.

La Russie, occupée d'un mouvement tout intérieur pour la civilisation et l'instruction de cette multitude de peuples divers soumis à ses lois, ne peut encore exercer qu'une bien faible influence au dehors. Mais on doit reconnaître combien, en suivant les traces d'Alexandre, le souverain qui gouverne ce vaste empire fait de constants efforts pour atteindre un si noble but. Pétersbourg et Moscou sont les deux principaux centres d'action que l'on y distingue. Mais on y remarque aussi Abo pour la Finlande; Mittau, Riga, Wilna, Dorpat, où l'allemand et son influence dominent; Varsovie pour la Pologne; Kazan et Odessa qui chacun exercent, à deux extrémités de l'empire, une influence plus ou moins indépendante.

Au midi, l'Espagne et le Portugal sont depuis long-temps dans un état stationnaire, sinon rétrograde. Le premier de ces deux pays offrait jadis plusieurs centres distincts auxquels l'Europe doit une reconnaissance éternelle : Barcelone, Saragosse, Vittoria, Salamanque, Séville, Grenade, Cordoue, etc. L'on n'a point assez apprécié tout ce que l'on doit à l'Espagne : l'on oublie trop que les sciences modernes y pénètrent chaque jour davantage, introduites par l'industrie que le monarque a senti le besoin d'y appeler.

Le Portugal offrait deux foyers de lumières, Lisbonne et Coïmbre. Les travaux des savans portugais sont également peu connus; cette nation a bien mérité jadis de la cause de la civilisation; mais elle est aujourd'hui plongée dans l'anarchie. Espérons pour l'antique Lusitanie, pour la patrie du Camoens et de Vasco de Gama un meilleur avenir.

Telle est aujourd'hui la surface du monde sous le point de vue de la culture des connaissances humaines; et ce mouvement déjà prodigieux, auquel la France, sur le Continent, et l'Angleterre, pour le reste du monde, ont eu tant de part, tend à s'accroître d'une manière aussi rapide que les limites de cet accroissement sont difficiles à déterminer.

Nous avons vu, au XVIIe siècle, le besoin de communication entre les hommes éclairés faire éclore les premiers recueils périodiques. D'abord, un petit nombre de ces recueils, communs à tous les membres de la république que formaient alors les savans et les hommes de lettres, suffit à l'état des sociétés policées. Nous voyons ce nombre augmenter rapidement dans le cours du XVIIIe siècle, à mesure que l'instruction devient plus générale, et au XIXe, lorsque la culture des sciences positives et des arts utiles passe dans la masse des sociétés. Alors ce moyen si puissant de correspondance devient lui-même, par l'excès de ses résultats, un obstacle presqu'insurmontable à franchir, pour atteindre le but qu'on s'était proposé. Les productions de la presse deviennent innombrables, et le nombre des journaux, des recueils périodiques destinés à les signaler et à rassembler tous les faits, toutes les observations isolées, s'accroît tellement dans presque tous les pays que la circulation de tous ces recueils dans toutes les mains auxquelles ils sont destinés devient impossible, et que la connaissance seule de leur existence et du mouvement de ce genre de production constitue en quelque sorte une science.

Après avoir montré d'une manière générale que l'excès des résultats du moyen de communication qu'on avait imaginé a fini par en rendre l'usage insuffisant, précisons davantage cette assertion en jetant un coup-d'œil rapide sur l'ensemble des recueils périodiques, pour en montrer l'esprit et la marche.

Coup-d'œil sur les Journaux périodiques.

Les *Revues*, les *Répertoires*, les *Magasins*, les *Annales*, les *Archives*, les *Bibliothèques* et tous les autres recueils de cette espèce, soit généraux pour toutes les sciences, soit spéciaux pour telle ou telle d'entr'elles, soit particuliers à un seul pays, soit enfin destinés à rassembler les travaux de toutes les contrées, inventés pour remédier à l'accroissement prodigieux que nous avons signalé, pour aider et soulager l'esprit des savans, leur épargner la perte d'un temps précieux, en leur offrant le dépouillement de tous les autres recueils et l'annonce de toutes les productions de la presse, n'ont pu être à peu près fidèles à leur mission que depuis les premiers temps où l'on en sentit le besoin, c'est-à-dire depuis la fin du XVIIe siècle jusque vers le milieu du XVIIIe. Si jusque dans ces derniers temps la partie éclairée de la population de tel ou tel pays et même les savans n'ont pas reconnu l'insuffisance, sous

4

ce point de vue, des recueils les plus estimés en ce genre, il faut attribuer cet aveuglement à l'ignorance où l'on était généralement du véritable état des choses, c'est-à-dire de la multiplicité des travaux de l'esprit humain dans tous les pays, et de la difficulté de leur propagation générale. Les recueils dont il s'agit ont révélé jusqu'à présent aux savans quelques faits épars; mais jamais aucun d'eux ne leur a donné des notions complètes sur aucune des branches des connaissances humaines, et encore moins sur l'ensemble de ces connaissances. Un grand nombre de ces entreprises ont, à la vérité, promis de remplir ce vœu général : mais elles étaient toutes dans l'impossibilité d'y satisfaire, et même d'approcher du but qu'elles annonçaient souvent avec assurance, sans savoir même à quoi elles s'engageaient. Un fait sans réplique prouvera, jusqu'à l'évidence, la vérité de cette assertion : dans presque tous les pays de l'Europe, on a vu et l'on voit encore de prétendus *Recueils encyclopédiques* ou des *Répertoires universels* qui, avec 12 ou 15 feuilles d'impression par mois, prétendent tenir le public au courant de tous les efforts, de tous les travaux de l'esprit humain, et cependant le BULLETIN UNIVERSEL, restreint aux seules sciences positives, n'a pu, avec 40 feuilles d'impression, en caractère Petit-Romain, composées d'articles substantiels, atteindre complètement son but; les développemens qu'il vient de recevoir, en l'augmentant d'un tiers, permettent seuls qu'il remplisse sa destination. Il eût fallu, pour qu'un recueil de la nature de ceux dont nous venons de parler pût réellement tenir ses promesses, qu'il devînt simultanément un centre de réunion générale pour tous les travaux des hommes et de dispersion universelle pour ces mêmes travaux. Mais cette organisation demandait une époque, un lieu, des circonstances favorables et une réunion de moyens au-dessus des efforts ordinaires, qu'il était même interdit à presque toutes les spéculations de cette espèce de rassembler, parce qu'elles seraient sorties de leur destination, celle d'offrir une indemnité suffisante à leurs coopérateurs. Le plus grand service qu'aient rendu ces recueils, dont plusieurs jouissent encore d'une réputation et d'une estime méritées, a été de propager dans la masse des sociétés, des idées, des connaissances utiles, bienfait immense sans doute, mais qui est bien distinct de celui qu'on attendait de l'établissement d'une correspondance active, complète et générale entre tous les hommes voués à la culture des sciences et des arts industriels.

Quant aux journaux spéciaux, n'ayant point les caractères des répertoires, leur nombre s'est accru en raison de l'étude plus approfondie des diverses branches des sciences et de l'extension de la sphère de chacune d'elles; leur multiplicité, quelquefois dans le même pays, et la diversité des langues dans lesquelles ils sont écrits, ont empêché qu'ils ne devinssent communs à tous les savans et ont même contribué à l'isolement des divers foyers scientifiques, chacun de ceux-ci s'étant fait avec le temps une sorte d'habitude des moyens d'instruction plus commodes et moins dispendieux qui s'y trouvaient réunis.

En effet, si nous jetons un coup-d'œil sur l'ensemble des journaux et des recueils périodiques de tous les genres, publiés dans les divers cercles particuliers d'activité et de propagation qui divisent la terre, nous serons convaincus qu'un assez grand nombre d'entre eux ne sortent pas du cercle où ils sont nés; quelques faits irrécusables prouveront cette assertion. Avant la création du *Bulletin universel*, la presque généralité des travaux des Danois, des Suédois et des Russes était inconnue aux autres nations de l'Europe, les journaux allemands eux-mêmes, n'empruntant presque jamais un article aux nombreux recueils qui se publient chez ces trois peuples. Quelques-uns de ceux qui appartiennent au Danemark ou à la Russie arrivent à la Bibliothèque du Roi à Paris; mais, depuis très-long-temps, elle ne reçoit pas un seul recueil suédois; et, à l'exception des mémoires des Académies royales de Copenhague, de Stockholm et de Saint-Pétersbourg, et de ceux de la Société des naturalistes de Moscou, qui sont adressés à l'Institut de France par ces sociétés, et qui lui arrivent souvent un an après leur publication, il n'entre peut-être pas en France d'autres recueils de ces trois pays. Il en est certainement de même en Angleterre et en Italie. Excepté dans la Grande-Bretagne, les recueils de l'Inde n'arrivent pas à dix personnes ou établissemens publics dans tout le reste de l'Europe. Les journaux américains ne parviennent peut-être pas à autant de personnes dans toute la France, et ils sont rares encore en Allemagne et en Italie. Les travaux des Allemands, qui produisent à eux seuls près de la moitié de tout ce qui se publie en Europe, ne sont connus du reste du monde que dans une très-faible proportion; enfin, plus de la moitié de la totalité des recueils qui se pu-

4

blient étaient inconnus, même par leurs titres, aux savans de Londres et de Paris, avant la publication du *Bulletin*, qui, en en donnant le dépouillement, a comme dévoilé leur existence.

La plupart des journaux spéciaux, et même des répertoires généraux, offrent une combinaison vicieuse; ils sont à la fois Journal d'annonce pour l'indication des faits publiés, Revue analytique des ouvrages et Collection de mémoires originaux, ce qui leur ôte la spécialité d'attribution qui pouvait seule les rendre véritablement utiles, et ce qui les empêche de remplir complétement l'une de ces trois destinations. Quelques recueils se distinguent sans doute sous ce rapport même, et approchent plus ou moins du but que nous signalons, quand ils se bornent à rassembler tout ce qui concerne le même centre d'activité scientifique et une science déterminée; mais, outre qu'ils n'atteignent pas ce but, aucun répertoire général ou spécial ne remplit, à beaucoup près, sa mission pour l'un ou l'autre de ces trois objets. Un très-grand nombre de recueils, surtout en Angleterre, ne citant point les sources où ils puisent, sont plus nuisibles qu'utiles à la science, et l'on doit justement s'étonner qu'une supercherie aussi blâmable et qui rend toute vérification des faits impossible, ne soit pas flétrie par une réprobation universelle. En se copiant mutuellement, une foule de journaux tronquent, dénaturent les faits, qui se reproduisent ainsi sous un autre aspect, après avoir fait le tour du globe. Enfin la plupart de ces recueils ne vivent que d'emprunts, ou ne contiennent souvent que des choses insignifiantes; mais ils offrent quelquefois des faits importans qu'on n'y va pas chercher à cause du discrédit dans lequel ils sont tombés. D'autres, embrassant tous les genres de littérature, et souvent aussi toutes les sciences, n'offrent aux savans qu'un petit nombre de faits qui les intéressent, ensorte qu'on les néglige faute de pouvoir tout examiner, tout parcourir. Cette impossibilité est encore plus évidente à l'égard des ouvrages proprement dits; aussi l'on peut avancer qu'à l'exception des livres français, plus ou moins répandus dans tous les cercles d'activité scientifique, ceux des autres nations n'en sortent que dans une proportion très-faible : les ouvrages anglais, à cause de leur cherté, ceux des Allemands, des Danois, des Suédois et des Russes, à cause du petit nombre de savans qui possèdent la langue de ces peuples, et par la difficulté de connaître les publications qui se font dans le Nord et de les faire venir quand on les connaît : ceux des Italiens par ce dernier motif surtout.

Toutes les observations que nous venons de présenter porteront, nous l'espérons, la conviction dans les esprits les plus prévenus ; ils verront que toutes les combinaisons imaginées jusqu'à présent pour créer une correspondance *active*, *régulière* et *complète* entre l'universalité des savans étaient insuffisantes; ils verront, d'après l'exemple du *Bulletin*, que tous les recueils qui ont prétendu remplir cette importante mission, n'ont pas même approché du but.

La réunion, le dépouillement de tous les journaux, de tous les recueils académiques ou autres qui se publient dans tous les pays, et qui sont écrits dans presque toutes les langues mortes ou vivantes; la connaissance, l'annonce de toutes les productions de la presse, de toutes les nouvelles qui intéressent les savans, surpassent aujourd'hui, et depuis long-temps déjà, les efforts des entreprises particulières de tout genre qui ont été créées dans ce but. A plus forte raison était-il devenu impossible à chacun des savans de se tenir directement au courant de tous les faits reconnus, de tous les écrits publiés, et par conséquent de la marche progressive de chacune des branches diverses des sciences. En un mot, cette correspondance générale et complète, indispensable aux savans comme à la partie éclairée des nations, pour connaître tous les résultats des travaux et des observations des hommes studieux, et que nous avons vu être l'objet des efforts constans de l'esprit humain, était devenue inexécutable par les combinaisons jusqu'alors employées. Il fallait, pour la faire réussir, réunir en un foyer commun toutes les lumières, toutes les observations, tous les faits épars, et les disperser ensuite régulièrement sur toute la terre. Il fallait rassembler tous les recueils connus, intéresser la gloire nationale des peuples, les réputations individuelles, les auteurs et les éditeurs, au succès de cette vaste entreprise, pour faire arriver à ce centre commun toutes les autres productions de la presse; former une association considérable de savans spéciaux et zélés pour opérer le dépouillement de tous ces recueils ; examiner tous ces ouvrages dans un même esprit, dans un seul but, celui de l'utilité commune; il fallait des capitaux, de la constance, il fallait enfin attendre du temps et du concours de toutes les volontés les développemens et les améliorations qui seuls peuvent porter cette entreprise au point où elle doit arriver pour atteindre complétement son but; il fallait, en un mot, créer une véritable *Institution*, universelle dans ses vues, complète dans ses résultats; il fallait organiser un ensemble de moyens et d'efforts en rapport avec l'état nouveau des sociétés, sous le point de vue de l'instruction, avec la grandeur, la généralité et l'importance de cette entreprise. Et cependant, quand on réfléchit à l'état actuel de la surface du globe, partagée, comme nous l'avons vu, en un très-grand nombre de foyers scientifiques distincts, à l'impossibilité d'une correspondance active et directe de chacun de ces centres avec tous les autres, surtout à cause de la diversité des langues et de cet énorme bagage de répétitions inutiles qui devraient alors parcourir l'univers dans toutes les directions; à la manière dont l'esprit humain procède pour conserver la connaissance des faits, la propager ou la transmettre; aux conditions nécessaires aux progrès des sciences et à la propagation rapide des applications utiles, on sent qu'un *Recueil périodique*, commun à tous ces centres d'études et de propagation que nous avons énumérés, pouvait seul satisfaire à toutes les nécessités, en répandant sur tout le globe les lumières rassemblées dans ce foyer universel qu'il s'agissait de créer. Mais on conçoit en même temps, d'après tout ce qui a été dit, qu'il fallait que ce recueil, dont nous avons suffisamment démontré la nécessité, fût fondé sur une nouvelle combinaison de moyens puissans, et sur des bases aussi larges que solides. Tel a été le but de l'association de savans, en tous genres, formée pour l'exécution du *Bulletin universel des sciences et de l'industrie*.

Après avoir exposé son indispensable nécessité, il nous reste à développer sommairement les principes et les moyens d'exécution que nous avons cru devoir adopter pour que ce recueil pût remplir sa haute mission.

En effet, nous aimons à croire que nous pouvons nous servir aujourd'hui de cette expression sans crainte d'être taxés d'exagération. Tous les hommes éclairés ont dû saisir notre pensée, et l'exposé que nous venons de vous soumettre suffira, nous l'espérons, pour convaincre les plus incrédules. On sentira plus généralement que nos efforts n'avaient point simplement pour but de créer un recueil plus ou moins utile, de rendre un service plus ou moins grand aux sciences et à l'industrie, mais qu'il ne s'agissait de rien moins que des progrès de la raison humaine et de ceux de la civilisation, de hâter partout l'application des travaux et les recherches d'où dépendent la grandeur et la prospérité des nations. On comprendra alors que nous nous soyions dévoués à cette noble tâche, sans calculer les obstacles autrement que pour chercher à les surmonter, avec la conviction que nous serions tardivement compris, que l'on nous saurait d'abord peu de gré de nos efforts, et que nous devions nous résigner à trouver en nous seuls le dédommagement à des soins, à des peines et à une abnégation de tout autre intérêt, que rien ne saurait compenser.

Un but aussi philosophique, aussi élevé n'a pu, à la vérité, frapper d'abord tous les esprits, ceux surtout qu'un certain ordre d'idées n'a pas accoutumés à pressentir les effets d'une institution aussi générale. Beaucoup d'entre eux n'ont vu dans le *bulletin* qu'une nomenclature analytique d'ouvrages de mécanique, et n'ont pas même reconnu le caractère spécial qui distingue ce recueil de tous ceux qu'on a successivement publiés; d'autres, pour se prononcer, ont attendu que le succès de cette vaste entreprise offrit plus d'incertitude; il en est, parmi ceux pour qui son importance était évidente, qui, ne pensant pas qu'on pût la soutenir, ont cru prudent de taire leur opinion et n'ont point secondé, comme ils l'auraient pu, l'élan que nous cherchions à exciter; un grand nombre enfin, ne réfléchissant pas assez à l'impossibilité de porter tout-à-coup cette entreprise au degré de perfection qui lui est nécessaire pour qu'elle remplisse complètement son objet, n'ont pas apprécié les développemens dont elle était susceptible et l'influence qu'elle était appelée à exercer, lorsqu'elle aurait reçu du temps les améliorations qu'elle ne peut manquer d'obtenir.

Que pouvaient demander les esprits éclairés qui étaient appelés à seconder le mouvement que nous cherchions à déterminer? Ils devaient s'assurer si notre but était réellement aussi élevé que nous désirions le leur persuader; ils devaient examiner si ce besoin d'une *correspondance universelle, régulière et complète* était réellement une nécessité des temps modernes, et si le moyen que nous proposions pouvait satisfaire à cette nécessité? La question, ainsi posée, ne pouvait être long-temps douteuse pour eux. Le but étant reconnu, les moyens indiqués, l'exécution seule pouvait paraître un problème ; nous l'avons résolu en exécutant : mais, dira-t-on, vous êtes encore loin de la perfection désirable ; je l'accorde ; mais aidez-nous au moins lorsque vous avez un espoir fondé du succès, afin que nous puissions atteindre cette perfection, objet de nos vœux communs et des efforts d'une réunion de savans désintéressés. Pensez-vous, dirons-nous à notre tour à ces esprits difficultueux, soit par défaut d'attention, soit par timidité de zèle, qu'une institution se fonde en un instant et s'élève par enchantement? Entrons, pour dissiper leurs doutes et pour achever de déterminer leur conviction, dans l'examen des principes qui ont dû diriger l'entreprise, et des moyens d'exécution qu'on a dû chercher à réunir.

Principes d'exécution.

En formant le projet d'un répertoire et d'une correspondance universels dans l'intérêt des sciences et de la civilisation, cet intérêt était notre unique mobile ; il déterminait d'avance nos principes ; d'avance il réglait l'esprit qui devait en diriger l'application. Que fallait-il pour assurer par une statistique périodique générale les progrès de la civilisation et de la science? Recueillir, enregistrer tous les faits, toutes les observations, toutes les découvertes, toutes les idées utiles, partout où on les trouvait, sans distinction, sans acception d'opinion, de système ou de doctrine, de bannière philosophique ou politique. La science, la civilisation ne s'enrichissant réellement que des faits et des vérités bien constatés, le recueil qui se chargeait de les constater à l'aide d'une réunion complète de matériaux, devait les enregistrer tous : car les signaler tous aux intelligences qui les étudient, les comparent, et s'en servent pour élever un édifice, telle était sa mission. Remplissant les fonctions de rapporteur consciencieux, le Bulletin se chargeait d'analyser les pièces d'un procès pour les mettre sous les yeux des juges : il ne pouvait donc entrer dans les débats, que pour les exposer, sans jamais se constituer l'avocat d'aucune cause. Toute controverse, toute polémique devaient lui rester étrangères. Tout ce qui était contentieux se trouvait hors de son ressort.

La première obligation que dut donc s'imposer le fondateur du recueil nouveau fut de se borner aux sciences qui, partant de faits et d'observations non contestées, à l'aide de méthodes généralement admises, d'expériences et d'observations nouvelles, s'élèvent à de nouvelles découvertes faites pour étendre et agrandir aux yeux de tous le cercle de ces sciences. Toutes les connaissances qui rentrent plus ou moins dans le domaine du goût, de l'imagination, du sentiment, de la dialectique, et qui, par leur nature, tombent plus ou moins sous l'influence des passions, ou dont la sphère est plus ou moins agitée par les disputes et les controverses, ne fournissant point de matériaux à l'aide desquels on arrive à des conclusions non contestées, ne pouvaient trouver place dans ce recueil. La même raison dut en faire bannir toutes les discussions théologiques et politiques. Non que l'on révoquât en doute les services des hommes de talent et consciencieux, qui, dans ces carrières hasardeuses et brillantes, cherchent de bonne foi le vrai et le beau, et ne craignent pas, soit de s'exposer souvent à des luttes périlleuses pour des intérêts qui leur paraissent sacrés, soit de se livrer à de grands travaux pour produire des œuvres qui honorent le génie de l'homme ; mais les sciences positives et d'une application immédiatement utile étant celles dont personne ne conteste l'influence progressive sur la marche de la civilisation et la prospérité des peuples, et ce progrès pacifique de la prospérité générale, moyen si puissant de rapprochement entre les grandes familles du genre humain, étant le but essentiel de la *Correspondance universelle* que l'on voulait établir, tout ce qui était du ressort des croyances dut être écarté pour se renfermer dans les limites du savoir; et une impartialité absolue, un amour de la science étranger à toutes les querelles, à toutes les divisions d'opinion, durent être proclamés comme règles fondamentales du *Bulletin universel.*

Fidèle à l'obligation d'enregistrer tous les faits sur lesquels la science édifie, n'oubliant jamais ses fonctions d'annotateur et de rapporteur, dut se restreindre à rappeler, dans l'occasion, les principes admis dans chaque science positive, à invoquer ces règles éternelles de justice, de morale et d'intérêt général gravées dans la conscience de l'homme de bien, et que tous les peuples qui ne sont pas étrangers à la civilisa-

5

tion s'accordent à respecter. Tous les lecteurs du *Bulletin* ont pu se convaincre qu'en conservant la mesure dont il a dû s'imposer la loi, il ne reculait pas devant ce devoir, et que, si l'esprit qui l'anime est un esprit de modération et de sagesse, ces obligations ne sont point, pour les rédacteurs de ce recueil, les synonymes d'indifférence et d'apathie·

Mais, nous observera-t-on peut-être, vous n'êtes pas toujours restés fidèles à ces règles si sages; dans quelques articles vous avez été juges et peut-être juges partiaux; vos rapports ont été souvent incomplets, ou tardivement faits. Nous reconnaîtrons en partie ces fautes. Depuis cinq ans, nous avons donné soixante à quatre-vingt mille articles, dus à près de trois cents savants divers, et il est possible que quelques-uns de ces articles aient échappé à notre surveillance ordinaire. Ce sont des hommes qui exécutent; ils ne peuvent point se flatter de se soustraire entièrement à la faiblesse humaine; mais on doit demander une perfection possible et non idéale, et nous pouvons porter hardiment le défi à qui que ce soit de citer une entreprise analogue, où l'on ait gardé une neutralité aussi constante entre tous les intérêts, toutes les passions, et où l'on ait cherché avec autant de persévérance à écarter toutes les causes de troubles et à perfectionner de plus en plus la marche que l'on avait jugé utile d'adopter.

La détermination du cercle des sciences dans lequel le *Bulletin* a voulu se circonscrire, la division de ces sciences en huit recueils spéciaux, la classification de leurs branches principales dans chacune de ces divisions, ont obtenu l'assentiment général. On a partout applaudi à ce plan qui, en réunissant dans chaque recueil partiel tout ce qui pouvait intéresser les personnes spécialement vouées à un genre d'études, permettait de rassembler tous les documens en une collection complète de travaux scientifiques, dans laquelle on pouvait trouver chaque mois le tableau des progrès de toutes les sciences que le *Bulletin* embrasse.

Après s'être fixé sur les principes qui devaient diriger la rédaction du *Bulletin*, le fondateur avait une autre tâche à remplir, et cette tâche était immense. Il s'agissait du mode d'exécution. Dès l'origine, il avait bien senti que la correspondance universelle et régulière qu'il voulait établir entre tous les amis des sciences et de l'industrie, sur tous les points du globe, ne pouvait être l'œuvre permanente d'un seul homme, ni même d'une association bornée à trois ou quatre personnes. Aussi, dès-lors, avait-il en vue une grande association capable seule de constituer une institution forte et durable, et de procurer dans chaque contrée des appuis, des coopérateurs actifs, des correspondans zélés. pour déterminer par leur concours le mouvement qu'il s'agissait de produire et de soutenir constamment.

Mais il fallait convaincre les esprits incrédules ' et c'était le plus grand nombre) qu'une pareille entreprise, toute gigantesque qu'elle pouvait paraître au premier coup-d'œil, était cependant praticable. Comment. en effet. devait-on amener tous les savans de l'univers à s'entendre, pour choisir un centre de communications et de correspondance, d'où la lumière se répandrait ensuite sur tous les points? Comment se procurer la connaissance régulière de tous les faits, de toutes les observations, de toutes les découvertes éparses dans tous les pays du monde? Comment, en admettant la possibilité si problématique de cette collection complète de documens. réunir le nombre de savans nécessaire pour en opérer le dépouillement. les extraire et les élaborer? Comment surtout établir un accord entre tant de coopérateurs ayant chacun ses idées et sa doctrine. et imprimer à leurs travaux une direction uniforme? Les difficultés étaient réelles : on ne s'en dissimulait aucune: mais on ne désespéra pas de les vaincre. et l'on dut se décider, comme ce philosophe de l'antiquité. à marcher. pour montrer la possibilité du mouvement.

Les obstacles étaient d'autant plus difficiles à surmonter que. par devoir, par dévouement pour une idée généreuse. et pour ne rebuter aucun ami de la science par une prédilection affichée pour des hommes ou pour des doctrines, on s'interdisait les ressources que les partis et les coteries sont si habiles à trouver dans l'exploitation d'une opinion ou d'une passion. Le fondateur ne se laissa effrayer par aucune objection, ni détourner de son but par aucune difficulté réelle. Il ne recula devant aucun effort. en présence d'aucun sacrifice. Aussi, comme il l'avait espéré. la grandeur du but qu'il se proposait, l'utilité immense de l'entreprise furent comprises par ceux mêmes qui devaient en rendre l'exécution possible. par un grand nombre d'hommes illustres dans les sciences, ou de personnes doctes et zélées. Deux maisons de com-

5.

merce respectables s'associèrent à son projet. Des savans célèbres , des
membres de l'Institut, ou d'autres sociétés scientifiques, des hommes
distingués par leurs connaissances dans les arts industriels , de jeunes
adeptes , déjà remarquables par leur instruction et par leur ardeur stu-
dieuse ; en un mot, les hommes spéciaux les plus éminens de Paris , au
nombre de près de trois cents , s'offrirent pour coopérateurs. Une correspondance active fut ouverte avec les sociétés savantes , avec les rédacteurs des principaux recueils périodiques de tous les pays : bientôt
ces recueils si nombreux , les mémoires des académies , les ouvrages ,
les écrits consacrés aux sciences, les correspondances des savans arri-
vèrent en foule ; bientôt on n'eut plus que la sorte d'embarras causée
par l'abondance progressive des matériaux. Le *Bulletin universel*, essayé
pendant un an, prit dès la deuxième année un premier développement,
et, d'année en année , grâce à un zèle soutenu , ce recueil a fait des
progrès nouveaux vers son perfectionnement. Sa bibliothèque, s'enrichissant tous les jours de nouveaux recueils, a été, dès l'origine et constamment, ouverte aux hommes studieux de tous les pays, jaloux d'y
faire des recherches. Les salles du *Bulletin* ont accueilli tous les amis
des sciences, nationaux ou étrangers, pour les réunir et les mettre en
rapport. Depuis cinq ans enfin , le *Bulletin universel* offre tous les mois,
dans chacune de ses sections, le tableau de tous les écrits , de tous les
documens , de toutes les découvertes faites dans tous les pays civilisés,
d'un pôle à l'autre ; toutes ces notices sont extraites de plus de six
cents recueils périodiques, ou mémoires de sociétés savantes , et d'ouvrages composés dans toutes les langues. Ce répertoire immense est
apprécié sur tous les points du globe ; il s'est fait jour partout,
partout il a recueilli de nombreux et d'illustres suffrages. Il a trouvé des
lecteurs, non pas seulement parmi les classes adonnées à la culture des
sciences, ou vouées aux arts industriels , mais dans les plus hautes
classes de la société, parmi les hommes d'état, les ministres, les con-
seillers des princes , et jusque sur les degrés des trônes et sur les
trônes même. En propageant les efforts de l'esprit humain, il en a
secondé, accéléré l'impulsion qui le pousse à des progrès toujours crois-
sans, et ce mouvement rapide, énergique, mais pacifique et bienfai-
sant, n'excite qu'intérêt et bienveillance de la part du pouvoir, comme
dans le public.

Les épreuves étaient faites; le succès en était décidé; le moment était arrivé de le consolider, de l'étendre et de l'affermir à jamais, en plaçant cette conception sous la protection d'une vaste association, qui embrassât toutes les notabilités, dans toutes les contrées de l'ancien et du nouveau Monde, à partir des sommets les plus élevés de l'édifice social. N'était-ce pas, en effet, aux personnages les plus éminens et les plus recommandables dans chaque état civilisé qu'appartenait le droit, comme le pouvoir, d'assurer la perpétuité de communications régulières et sans cesse actives entre tous les amis des sciences, de manière à établir entr'eux une communauté de sentimens, de doctrine et d'efforts; à empêcher que le mouvement progressif des lumières ne pût s'arrêter, et à créer ainsi, comme résultat immédiat et certain, cette *constitution merveilleuse de la République universelle des sciences*, long-temps regardée comme une chimère?

Le moment était venu de porter son répertoire général, source unique d'instruction, au degré d'extension que l'abondance toujours croissante des matériaux rendait indispensable. Tels ont été les motifs qui ont déterminé cet appel à toutes les notabilités sociales, pour la création d'une grande association, sur laquelle devaient désormais reposer les progrès et la durée de l'institution. Vous savez, Messieurs, comment cet appel a été entendu; comment s'est manifestée la haute bienveillance du Roi et de nos princes; comment Monsieur le Dauphin s'est déclaré le protecteur du grand mouvement des esprits vers les améliorations en tous genres, en prenant sous sa protection spéciale la Société et son but; comment le concours de la plupart des ministres du Roi, et d'un grand nombre d'hommes recommandables dans toutes les classes, a fondé, encouragé et constitué notre belle association.

Nous avons mis successivement sous vos yeux le tableau des besoins et des efforts intellectuels qui ont amené un besoin nouveau, celui du plan conçu pour le satisfaire, les essais tentés dans cette intention et justifiés par le succès, jusqu'à l'instant où votre libre accession à nos statuts vous a appelés à rendre ce succès durable. Il s'agit maintenant de reconnaître et d'employer avec un zèle réel les moyens propres à l'accomplissement de nos vœux communs.

Nos honorables collaborateurs, ainsi que nous, ne se dissimulent pas combien le vaste répertoire du *Bulletin universel* est encore susceptible d'amélioration, ni combien de perfectionnemens de méthode et de rédaction sont nécessaires pour réaliser complétement l'idée qui en a suggéré la création, pour satisfaire entièrement ses nombreux lecteurs, et pour lui faire obtenir partout la popularité et le crédit dont tout ami de la science et de la civilisation devra un jour lui payer le tribut. Ce crédit, cette popularité universelle, il faut y atteindre, pour que les lumières concentrées dans ce foyer et qui doivent en jaillir sans cesse, pénétrant sur tous les points du monde civilisé, y entretiennent et y accélèrent ce mouvement progressif dont notre institution est appelée à devenir le plus puissant auxiliaire.

La multitude immense des matériaux a nécessité l'extension donnée, dès cette année, à chaque section du *Bulletin*, extension qui en a porté l'ensemble mensuel à 60 feuilles d'impression, au lieu de 39 qu'il avait depuis 1825. Malgré cette étendue matérielle, l'immensité des matériaux est telle qu'elle nous force généralement à restreindre les articles à l'exposé le plus substantiel et le plus précis. Une extension plus considérable serait inadmissible. L'augmentation de frais qui en résulterait excéderait trop les frais accoutumés, pour que les prix auxquels nous avons fixé les divers recueils qui composent l'ensemble du *Bulletin* restassent accessibles au plus grand nombre de lecteurs à qui ces recueils sont destinés. Une expérience de six années nous a fait connaître à peu près le mouvement général des travaux de l'esprit humain constatés par l'impression; et les limites de l'extension que nous lui avons donnée ont été calculées d'après cette expérience. Nous avons atteint les bornes que nous ne pourrions dépasser sans compromettre notre succès, et sans nous écarter de notre but, puisque la première condition, pour réussir, c'est d'obtenir le plus grand nombre possible de lecteurs.

L'obligation que le *Bulletin* s'est prescrite, de signaler périodiquement tous les faits, toutes les découvertes, tous les écrits relatifs aux sciences et à l'industrie, toutes les sources de renseignemens, quelque part qu'elles se trouvent, l'extrème difficulté qu'on éprouve à remplir strictement ce devoir, même en donnant à nos recueils la plus large dimension, ont suggéré à quelques personnes la pensée qu'il devait se borner peut-être à n'offrir qu'un simple indicateur, une table méthodique de matériaux à consulter. Le *Bulletin*, ainsi réduit à la fonction de catalogue universel, joindrait, disait-on, à l'avantage de donner des indications plus complètes, celui de ne pas laisser en quelque sorte les œuvres du génie et de la science à la discrétion d'annotateurs et de juges, en qui, sans contester leur capacité relative, le génie et la science ne sauraient reconnaître des pairs.

Mais, quelque spécieux que paraissent ces motifs, nous croyons qu'un examen attentif ne permet pas de les laisser prévaloir. Nous pensons même qu'y céder serait renoncer complétement au but que nous nous proposons d'atteindre. A qui, en effet, un simple indicateur, un catalogue aride de documens pourraient-ils convenir, sinon au nombre, beaucoup trop restreint, de ces hommes dévorés du zèle de la science, qui s'y dévouent uniquement, et qui ne demandent qu'à connaître toutes les sources, empressés qu'ils sont d'aller y étancher une soif toujours renaissante. Encore ce moyen ne pourrait-il satisfaire que le nombre, infiniment plus restreint, des hommes studieux qui, se trouvant dans la capitale de la France, pourraient venir à la bibliothèque du *Bulletin*, y compulser toutes ces sources, dont la collection ne se rencontre nulle part ailleurs. La fréquentation de cette bibliothèque deviendrait ainsi à peu près le seul moyen d'action de l'institution, et le but serait manqué, puisque, hors Paris, on serait dans l'impossibilité absolue de se procurer tous les documens originaux que le *Bulletin* aurait indiqués, et que d'ailleurs la plupart des langues dans lesquelles seraient écrits ces documens sont loin d'être aussi répandues que la nôtre.

N'oublions pas que dans la pensée créatrice du *Bulletin*, ce recueil, à la vérité, est spécialement consacré à la collection de tous les documens existans, et ne s'ouvre point à des mémoires, à des dissertations originales, à des notices, ou analyses trop étendues ; mais que, devant recueillir un très-grand nombre de ces documens dans des langues peu répandues, dans des recueils peu accessibles à la multitude des lecteurs, il doit très-souvent suppléer pour eux, autant du moins que cela est possible, les sources qu'ils ne pourraient aborder ; qu'il doit être pour eux un répertoire de faits, autant qu'un *Bulletin universel* d'indication des sources. Comme répertoire, le devoir de la direction est d'indiquer exactement ces sources, afin que la vérification soit possible, mais en même temps, de recueillir les documens épars, et qu'il serait impossible ou très-difficile aux lecteurs de se procurer en originaux, et cela de manière à ce qu'ils puissent s'en passer. C'est ainsi, et par ce moyen seulement, que l'institution, fidèle à sa destination, recueillera partout les lumières pour les reporter ensuite sur tous les points. C'est ainsi, et ainsi seulement, que le *Bulletin* deviendra, s'il est permis de le dire, un Bréviaire indispensable à tout ami de la science et de la civilisation, le point central d'une correspondance active, régulière, complète entre tous les savans et les hommes de l'industrie, le plus vaste foyer de lumières pour tous les pays.

N'oublions pas non plus qu'un reproche précisément contraire à celui dont nous venons de parler, a été dirigé contre le *Bulletin*; on s'est plaint de n'y trouver trop souvent qu'une table analytique des matières, un peu plus étendue que les autres. Tenons donc avec sagesse le milieu entre une sécheresse qui éloignerait de nous les véritables amis de l'étude, et une abondance de développemens que nous défend l'immensité de nos matériaux. Continuons de n'être ni simples nomenclateurs, ni dissertateurs prolixes. Car, s'il faut se prémunir contre ce dernier défaut, il faut aussi, même pour les œuvres de la science, comme pour toutes celles qui sont destinées à exercer une grande influence, de l'intérêt, du mouvement et de la vie.

Quant à la crainte de voir les travaux du génie livrés à des juges incompétens, l'esprit qui anime la direction et la rédaction du *Bulletin*, les principes et les règles dans lesquels chaque collaborateur a promis de se renfermer, ne permettent guère de s'y arrêter. Tous savent d'avance qu'ils ne sont que rapporteurs et qu'ils ne doivent point s'ériger en juges; que leur mission se borne en général, et surtout à l'égard des notabilités de la science, à des extraits fidèles de leurs productions. C'est en pareil cas, principalement, qu'une sorte de pudeur bien naturelle commande d'être sobre d'observations critiques, ou même de s'en abstenir. Le *Bulletin* compte d'ailleurs, parmi ses rédacteurs, plusieurs savans qui ont toute l'aptitude nécessaire pour rendre compte des travaux de leurs pairs. Ils ont qualité pour leur communiquer, ainsi qu'au public savant, avec la mesure et la décence convenables, les observations qu'ils croiraient utiles au progrès des sciences. Mais une réflexion frappera tous les esprits non prévenus : tout le monde convient que le *Bulletin*, pour bien remplir sa mission, doit signaler les faits nouveaux, les recherches, les expériences nouvelles; comment rester dès-lors dans les bornes d'une simple table des matières? Pour signaler les faits nouveaux, il faut les reconnaître, les choisir au milieu de ceux qui ne le sont pas dans l'ouvrage que l'on doit annoncer. Ce travail seul est déjà une sorte de jugement, et, si tel ou tel résultat important est présenté comme une acquisition nouvelle pour la science et qu'il soit depuis longtemps connu, ne devra-t-on pas en restituer la gloire à son véritable auteur? Des erreurs évidentes ne devront-elles pas être relevées? Si l'écrivain s'est écarté des principes de la science, des lois certaines de la raison, de la morale et de la justice, faudra-t-il garder le silence de l'incapacité ou de la faiblesse? En supposant même que ces exceptions aux règles posées pour la rédaction du *Bulletin* puissent donner lieu à quelques abus, faudra-t-il donc repousser ce moyen, le seul praticable d'une *correspondance universelle* dont nous avons démontré jusqu'à l'évidence la haute nécessité?

Croyez donc, Messieurs, qu'en demeurant fidèles aux vues qui ont déterminé jusqu'à présent le mode d'exécution du *Bulletin*, et avec le secours des lumières de votre *Conseil supérieur de perfectionnement*, il ne nous sera pas difficile d'atteindre peu à peu au degré de perfection dont ce recueil est susceptible.

Il nous reste à nous expliquer sur quelques reproches d'une autre nature adressés au *Bulletin*, soit en France, soit dans l'étranger, sur les retards que l'on a quelquefois apportés à signaler des ouvrages plus ou moins importans, et même sur les omissions de ce genre qui ont pu avoir lieu. Sans doute, malgré le zèle et le dévouement de nos habiles coopérateurs, il est arrivé que le *Bulletin* a pu mériter quelquefois ce reproche à l'égard des ouvrages qui avaient été adressés à la direction. Cette apathie que j'ai signalée à l'égard du public, peut se rencontrer aussi quelquefois chez quelques-uns de nos collaborateurs; mais, indépendamment des causes diverses qui peuvent, dans un instant donné, paralyser leur bonne volonté, l'intérêt privé doit penser que, dans une entreprise vers laquelle gravitent les intérêts de toutes les sciences et de toutes les branches d'industrie, et plus ou moins les travaux des sa-

6

vans de toutes les nations, il est difficile, il est même impossible de satisfaire avec le même empressement tous les vœux, toutes les exigences. Quant aux omissions dont on pourrait se plaindre, elles ont une autre source. La France seule possède un enregistrement officiel où toutes les productions de la presse sont signalées par leur titre; dans les autres pays, la Belgique exceptée, on n'a aucun moyen de connaître tout ce qui se publie d'une manière rigoureusement complète. Personne ne prétendra, sans doute, que l'institution doive faire acheter tous les ouvrages qui s'impriment partout, afin de les signaler dans le *Bulletin :* les trésors d'un puissant état ne suffiraient pas à une semblable dépense, et comment d'ailleurs penserait-on à se procurer, même à prix d'argent, un ouvrage dont on ignore l'existence? On a dû compter sur l'intérêt bien entendu des auteurs et des éditeurs, sur le désir bien naturel aux premiers de voir leurs travaux signalés à la reconnaissance du public éclairé, pour qu'ils s'empressent d'adresser au *Bulletin* un exemplaire de leurs productions, qui seront enregistrées dans un recueil devenu le lien nécessaire de communication et de correspondance entre tous les savans?

Ici se termine, Messieurs, ce que nous avons cru important et pressant de vous exposer au moment où, réunis dans cette enceinte, vous voulez bien nous accorder quelque attention. Nous ne nous sommes point dissimulé qu'il y avait peut-être quelque témérité de notre part à prétendre la captiver aussi long-temps: mais nous avons compté sur votre bienveillance et sur le zèle et l'intérêt qui vous ont portés à prendre part à une association digne, nous osons le dire, des plus grands sacrifices. Il était important, en effet, de saisir une occasion, qu'il est si difficile de faire naître, pour s'expliquer nettement et consciencieusement au sujet de notre institution, de son but et de ses moyens d'action; il était pressant aussi de s'expliquer et de s'entendre à cet égard, dans l'instant décisif où il s'agit d'achever l'édifice dont vous avez posé les premières bases, de le consolider et d'en assurer la prospérité. Nous avons voulu rappeler à votre esprit la haute destination du *Bulletin universel* comme lien nécessaire de *correspondance active, régulière* et *complète* entre tous les hommes éclairés, correspondance indispensable aux progrès des connaissances humaines comme à ceux de la civilisation générale. Nous avons établi cette nécessité sur des preuves irrécusables, sur les témoignages que nous offre l'histoire même de la marche et des progrès successifs des efforts de l'esprit humain; nous avons répondu par des faits et par des raisons sans réplique à toutes les objections dont le *Bulletin* pouvait être l'objet ou le prétexte. Si vous avez reconnu avec nous la grandeur et l'importance du but de notre institution, et l'appropriation du *Bulletin* comme moyen exclusif d'atteindre ce but, lorsque surtout il aura reçu les perfectionnemens dont il est susceptible; si vous êtes, comme nous, pénétrés de l'immensité des résultats certains que promet cette institution, de leur influence immédiate, quoique lente et progressive, pour le bonheur et la prospérité des nations; si vous appréciez à leur valeur tout le crédit, toute la puissance que peut acquérir cette république universelle des sciences et de l'industrie, que vous êtes appelés à constituer; quoique avec des moyens si simples en apparence, que peut-être plusieurs d'entre vous, Messieurs, n'avez point encore soupçonné des résultats qui sembleraient bien disproportionnés avec ces mêmes moyens; permettez-nous alors de tenir un autre langage, et d'en appeler aux sentimens élevés et généreux qui vous ont réunis dans cette enceinte. Il nous reste à surmonter un grand obstacle à la propagation du *Bulletin*, principal moyen d'action de l'institution, et qui, malgré ses succès, ne peut remplir sa haute mission que lorsqu'il sera répandu dans toutes les mains où il peut porter d'utiles germes d'instruction. Ce recueil ne s'adresse ni aux passions, ni aux partis, ni à une opinion spéciale, ni exclusivement à aucune doctrine philosophique: il n'a en vue que l'intérêt général des Sociétés humaines. Aussi, dans ces temps d'exaltation pour les seuls intérêts de partis ou de coteries, n'a-t-il trouvé en France aucun de ces échos puissans qui, à force de prôner toujours les mêmes objets, finissent par entraîner l'attention et les suffrages de la multitude, plutôt qu'ils ne les captivent. Ce que nous avons donc à redouter, c'est l'apathie, l'insouciance pour un but d'utilité générale. Un zèle soutenu, une ardeur généreuse et constante sont donc nécessaires, si nous voulons triompher de cette tiédeur, trop commune encore dans notre patrie, si nous nous proposons d'imiter les exemples mémorables et si nombreux que nous offre l'Angleterre pour tous les intérêts qui tiennent à la grande cause de l'humanité et du perfectionnement social. En vain vous seriez-vous empressés à fonder une belle association; en vain lui auriez-vous prêté l'appui de vos noms et de vos fortunes; en vain le Trône lui-même, les Princes augustes qui l'entourent, et des hommes illustres, élevés en dignités et en fonctions, la seconderaient de leur protection et de leur faveur, si votre zèle ne féconderait point ces moyens de succès, tant d'augustes et d'honorables témoignages d'intérêt échoueraient contre l'écueil de cette tiédeur fatale. Comment, d'ailleurs, espérer, Messieurs, que nous pourrons appeler avec succès ce concours indispensable que réclame notre institution, des notabilités intellectuelles des autres nations, pour marcher en commun et sous la même bannière, celle de la véritable philosophie et de l'intérêt de l'humanité, si une indifférence condamnable, ou une tiédeur indolente ne nous permettent pas de donner chez nous l'exemple d'un résultat que nous voulons cependant obtenir ailleurs ?

Une si grande et si généreuse entreprise, Messieurs, exige votre coopération sans cesse active : elle attend de votre part, pour porter ses fruits, un zèle toujours occupé à lui concilier de nouveaux suffrages, à lui chercher de nouveaux coopérateurs, dignes de vous être associés; à propager partout la connaissance du *Bulletin universel*, et l'appréciation des immenses services qu'il peut rendre. Soyez, Messieurs, ses protecteurs assidus, et que la reconnaissance des peuples, de plus en plus éclairés, vous signale bientôt comme les vrais fondateurs de ces communications bienfaisantes entr'eux tous, de cette correspondance universelle, régulière et complète entre tous les amis des sciences et de la civilisation, dans quelque contrée qu'ils se trouvent, de cette Institution destinée à garantir au genre humain des progrès successifs et durables dans sa prospérité.

Vous vous demandez, sans doute, Messieurs, comment je n'ai pas encore abordé le compte rendu des opérations morales et matérielles de la Société pendant l'année qui vient de s'écouler? L'exposé de nos opérations matérielles va vous être soumis; quant au tableau de nos opérations morales, dirigées jusqu'à ce jour vers le but que nous nous proposons, il ne pourrait retracer que les efforts du Fondateur et de la Société primitive, continués dans le même esprit, dans le même but depuis la création de l'association nouvelle. Cette grande association n'a encore

pu agir que pour se constituer, et pour choisir les conseils à qui elle a
confié le soin de veiller à l'administration et au perfectionnement du
Bulletin universel. Les autres résultats, les résultats les plus importants
de l'action sociale, nous les attendons de votre zèle; ils sont encore
l'objet de nos vives espérances. Puisse, à cet égard, la Direction être à
portée de vous en signaler de tels, lors de notre prochaine réunion, qu'ils
puissent remplir nos vœux et justifier notre espoir! L'action de la Société, Messieurs, ne pourra, en effet, s'exercer avec un plein succès
que lorsque l'association, qui n'est encore que constituée, qui ne forme
encore qu'un premier noyau, sera complète, ou du moins bien près
d'arriver à son complément indispensable. Comment établir, d'une manière forte et permanente, le grand mouvement que nous voulons imprimer, et cette correspondance, ces communications régulières et sans
cesse actives entre tous les amis de la civilisation, comment réussir, car
c'est là notre but et notre grand moyen d'action, à propager avec fruit,
à mettre partout en circulation les idées, les plans, les travaux qui
nous paraîtront utiles aux progrès des sciences et de l'industrie, tant que
le nombre des hommes recommandables, appelés par l'éminence de leur
position et de leur savoir à concourir à cette œuvre générale, sera insuffisant, tant que la Société ne comptera pas dans tous les pays, à com-
mencer par le nôtre, assez de sociétaires pour la représenter sur tous
les points, agir en son nom avec zèle, y répandre ses vues, et faire arriver au point central toutes les notions importantes que les voies employées jusqu'ici n'y transmettraient pas?

Le premier résultat à obtenir est donc le complément de l'association
par l'appel des notabilités qui lui manquent encore, d'abord en France,
puis dans chacun des pays civilisés. Or, ce résultat ne peut être obtenu
que par le concours de vos efforts. C'est là, Messieurs, votre premier
moyen d'agir dans le grand intérêt qui nous rassemble. Sans ce résultat,
et permettez-moi d'insister sur ce point avec une chaleur que vous avez
approuvée d'avance en formant cette réunion; sans ce résultat, dis-je,
et sans le zèle ardent et soutenu de chacun de vous pour y arriver, votre
honorable accession à l'association ne saurait produire les fruits que
nous en attendons. C'est uniquement à l'activité constante de tous les
sociétaires actuels, en commun, et de chacun d'eux en particulier, dans

la sphère où s'exerce son influence, qu'il appartient d'éclairer, de stimuler d'abord les notabilités nationales qui tardent encore à répondre à notre appel, de les déterminer à prendre le rang que cette notabilité même leur assigne parmi les promoteurs, les agens les plus éminens de la civilisation. En même temps, ou successivement, l'exercice de cette influence est réclamé par le but de notre institution, à l'égard des personnes notables des autres pays dont vos relations vous mettront à portée de provoquer le concours.

C'est dans les mêmes vues, Messieurs, que je me propose d'aller moi-même très-incessamment porter dans la Grande-Bretagne l'expression de nos vœux communs. Ils seront entendus, je l'espère, sur cette terre classique de l'esprit d'association. Les hommes recommandables que l'Angleterre possède dans toutes les classes, reconnaîtront qu'il ne s'agit point ici des intérêts d'un patriotisme local et exclusif, mais que nous venons leur demander un généreux concours pour marcher tous aux mêmes droits, aux mêmes titres, dans une direction où ils ont déjà érigé de si nobles trophées, et entraîner par notre exemple les hommes notables des autres nations. Ils comprendront toute l'importance, toute la grandeur d'une institution conçue uniquement dans un esprit d'universalité et pour les progrès généraux de la civilisation. J'attends, Messieurs, de votre zèle pour l'association et de votre bienveillance, une coopération efficace à cette grande tentative. Je sollicite votre concours pour me seconder auprès des personnages de la Grande-Bretagne éminens en pouvoir, en dignités et en fortune, ou en science et en industrie.

Je termine, Messieurs, cet exposé en appelant de tous mes vœux vos réflexions et les observations que votre zèle vous suggérera quant aux principaux points sur lesquels j'ai fixé votre attention. Ce n'est qu'ainsi que nos idées se trouveront arrêtées, et que nous pourrons espérer de prendre d'utiles délibérations.